LIEV. TOLSTÓI

A MOR-TE DE IVAN ILITCH

UMA NOVELA DE

Liev Tolstói

PandorgA

Editora Pandorga
1ª Edição | 2025

Diretora Editorial
Silvia Vasconcelos

Capa
Lumiar Design

Projeto gráfico e Diagramação
Vergê Digital

Tradução
Carla Benatti

Revisão e notas
Ricardo Marques

Posfácio
Nara Vidal

**Dados Internacionais de Catalogação na Publicação (CIP)
de acordo com ISBD**

T654m   Tolstói, Liev

A morte de Ivan Ilitch / Liev Tolstói. - Cotia : Pandorga, 2025.
112 p. ; 14cm x 21cm.

Inclui índice.
ISBN: 978-65-5579-308-6

1. Literatura russa. 2. Ficção. I. Título.

2025-2552   CDD 891.7
                                              CDU 821.161.1

Elaborado por Vagner Rodolfo da Silva - CRB-8/9410

Índice para catálogo sistemático:
1. Literatura russa 891.7
2. Literatura russa 821.161.1

LIEV TOLSTÓI

A MORTE DE IVAN ILITCH

Pandorga

Retrato de Liev Tolstói (1908) capturado
por Prokudin-Gorskii.

SOBRE O AUTOR

Liev Nikoláievitch Tolstói (1828-1910) é considerado um dos maiores escritores de todos os tempos; nascido em uma família aristocrática, Tolstói destacou-se não apenas por suas obras literárias, mas também pelas reflexões filosóficas, religiosas e sociais contidas em seus livros. Sua escrita combina uma profunda análise psicológica dos personagens e críticas contundentes à desigualdade social, às guerras e às instituições de seu tempo.

PRIMEIROS ANOS

Tolstói nasceu em 9 de setembro de 1828, na propriedade rural de Iásnaia Poliana, na Rússia. Órfão de mãe aos dois anos e de pai aos nove, foi criado por parentes e recebeu uma educação esmerada — típica da nobreza russa. Em 1844, ingressou na Universidade de Kazan para estudar línguas e Direito, mas, sempre contestador, abandonou os estudos em 1847, insatisfeito com o ensino formal.

JUVENTUDE E INÍCIO DA CARREIRA

Nos anos seguintes, levou uma vida boêmia entre Moscou e São Petersburgo, inclusive acumulando dívidas de jogo. Em 1851, alistou-se no exército e participou da Guerra da Crimeia (1853-1856), experiência que marcou profundamente sua visão sobre a violência e a condição humana, temas recorrentes em seus escritos por toda a vida. Seus primeiros livros, como *Infância* (1852), *Adolescência* (1854) e *Juventude* (1856), já revelavam talento para explorar as complexidades da alma humana.

PRINCIPAIS OBRAS

→ *Guerra e Paz* (1869): Epopeia histórica que narra a vida de várias famílias aristocráticas durante as guerras napoleônicas. Misturando ficção e história, Tolstói explora temas como o destino, livre-arbítrio e o significado da vida.

→ *Anna Karênina*: Uma tragédia social que acompanha o caso adúltero da protagonista, Anna, e o conflito entre paixão e dever. O romance também contrasta sua história com a busca espiritual de Liêvin, um alter ego do autor.

→ Além dessas obras-primas extensas, Tolstói escreveu contos, ensaios e novelas, como *Ressurreição* (1899), uma crítica ao sistema judicial e à Igreja Ortodoxa e, claro, *A Morte de Ivan Ilitch* (1886), que traz uma reflexão a respeito da finitude humana. Sobre a última, falaremos mais na próxima seção.

CAUSAS HUMANITÁRIAS E CONVERSÃO AO CRISTIANISMO

Na década de 1870, Tolstói passou por uma profunda crise existencial, questionando o sentido da vida e rejeitando os valores materiais da aristocracia. Sua busca por respostas o levou a uma intensa espiritualidade, embora não convencional. Ele rejeitou a autoridade da Igreja Ortodoxa, pregando um Cristianismo baseado nos ensinamentos éticos de Jesus, sem milagres ou hierarquias religiosas. Este período também impactou sua escrita, que teve, neste recorte, alta carga existencial e religiosa, como a obra *O Reino de Deus Está em Vós* (1893).

Sua filosofia, conhecida como "tolstoísmo", defendia a não violência, a simplicidade voluntária e a rejeição da propriedade privada. Essas ideias influenciaram figuras como Gandhi e Martin Luther King Jr.

MORTE

Nos últimos anos, Tolstói viveu em conflito com sua família, especialmente devido a sua renúncia à riqueza e aos direitos autorais de suas obras. Em outubro de 1910, aos 82 anos, fugiu de casa, buscando uma vida mais coerente com seus ideais. No entanto, adoeceu durante a viagem e morreu em 20 de novembro de 1910, na estação ferroviária de Astápovo.

Estação ferroviária de Astápovo, onde
Liev Tolstói fez sua última parada.

O funeral de Tolstói, simples e sem ritos religiosos, reuniu milhares de pessoas, evidenciando seu impacto como pensador e escritor. O autor russo Valeri Briussov[1] narrou, no conto "No Funeral de Tolstói: impressões e observações"[2], sua presença no evento de despedida de Tolstói:

> I. I. começa a interceder, dizendo aos estudantes que, justamente eles, devem manter a ordem. Eu me afasto. Ouço quando alguém faz uma pergunta a um mujique da região.

---

1   Valeri Briussov (1873-1924): poeta, crítico literário e um dos principais expoentes do simbolismo russo.

2   BRIUSSOV, Valeri. No funeral de Tolstói: impressões e observações. Tradução de Robson Ortlibas. São Paulo: Kindle Direct Publishing, 2021.

Sempre aqueles mesmos discursos familiares que há em Moscou: falam do conde com entusiasmo e criticam a condessa... Pouco a pouco, chegam cada vez mais pessoas novas. Pego sob minha proteção um jornalista francês que não queriam deixar passar. Encontro uns conhecidos. Primeiro fico sabendo daqueles obstáculos que, por ordem de Petersburgo, foram colocados aos que saíam de Moscou pela estação ferroviária de Kursk... Mas então, ouve-se um canto ao longe.

— Estão trazendo!

Todos estavam agitados, paralisados, esperando. A procissão se aproxima. À frente, os camponeses carregam uma faixa com a inscrição: "Liev Nikoláievitch, a memória da sua bondade não morrerá entre nós, camponeses órfãos de Iásnaia Poliana." Atrás deles, uma pequena coroa de flores. Mais adiante, nas mãos, carregam um caixão simples, de carvalho amarelo, sem tampa... Ainda mais adiante, três telegas com coroas de flores, cujas fitas se arrastam com tristeza pela lama.

Inquieto até seus últimos dias, o autor foi sempre fiel aos seus ideais e crenças, e a mudança de opinião é um desses pilares. Ainda em vida, Tolstói conseguiu admiração e seguidores, que iam de estudantes e artistas renomados a pessoas simples, como também narra Briussov em suas observações *in loco*:

Há um atropelo junto à própria casa. Todos se acotovelam para ficar, a todo custo, mais próximos do caixão. Um dos filhos de Tolstói, da varanda, pede para se acalmarem e para darem meia hora de tempo à família, a fim de passar sozinha com o falecido. Depois, o corpo será exposto e todos poderão ter a oportunidade de dizer adeus aos restos mortais de Tolstói.

Todos se acalmam. Forma-se uma longa fila, como uma

faixa viva, que serpenteia da varanda da casa e segue pelo parque. Os camponeses e os intelectuais estão misturados nesta faixa. E, em geral, durante todo o histórico dia, "senhores" e "mujiques" se fundiram, de maneira simples e natural, em um todo.

No relato de Briussov é possível ver o culto da classe artística, dos vizinhos e conhecidos por Liev Tolstói; 115 anos após sua morte, esta admiração cresceu e se enraizou nos círculos acadêmicos, literários e artísticos. Em leitores de todo o mundo, Liev Tolstói vive e revive com reedições, estudos e adaptações à sua vastíssima obra imortal.

SOBRE A OBRA

Muito já se disse sobre esta obra de quase 140 anos, mas cada releitura revela camadas e novas descobertas pessoais. Se muitos clássicos são assim, cheios de nuances e níveis de compreensão, *A Morte de Ivan Ilitch* vai além, pois leva consigo todas essas sutilezas em uma novela curta como o sopro da vida. A carga filosófica e moral de *A Morte de Ivan Ilitch* não está em uma frase de efeito ou em um desfecho inesperado — que aqui não surge —, mas em cada linha narrativa da vida e morte do protagonista. Para aqueles que ainda não leram, o sabor da estreia é mesmo único, mas sei que muitos de nós ainda beberão várias vezes desta fonte — porque outras camadas surgirão, e seremos capazes de captar mais um pouco do que Tolstói quis representar com esta obra tamanha — e tão sintética!

Ao longo dos séculos a morte foi tema central na obra de gênios como Sêneca[3] (*Sobre a Brevidade da Vida*), William Shakespeare[4]

---

3 Filósofo estoico, dramaturgo e estadista romano. Autor de tratados morais e cartas filosóficas, defendeu uma vida guiada pela razão e pela virtude. Foi tutor do imperador Nero, que mais tarde ordenou sua morte.

4 Dramaturgo, poeta e ator inglês. Viveu entre 1564 e 1616 – é amplamente considerado o maior autor de língua inglesa.

(*Hamlet*), José Saramago[5] (*As Intermitências da Morte*) e tantos outros autores atemporais. Cada um a seu modo, todos narraram medos, angústias e suposições acerca do tema que gera maior fascínio na raça humana. A grandeza desta novela reside em cada convenção social e aparência que Tolstói desnuda: a mesura ensaiada, os gestos sorrateiros, a ida apressada e incontornável ao velório, a frieza de médicos e juízes — no trato com aflitos que deles dependiam — e as disputas por poder nos órgãos públicos... mas nem mesmo a morte é capaz de desmarcar um inadiável jogo de cartas. Nem mesmo a dor cessa o arremedo aristocrático.

Esta edição traz uma tradução inédita de Carla Benatti, que nos brinda com um trabalho sublime: fiel ao texto original, sensível e poético. Ao final, temos ainda um belíssimo ensaio de Nara Vidal, que com sua sensibilidade propõe questionamentos necessários e reflexões transformadoras.

Mergulhe no debate filosófico e moral de Tolstói, na Rússia czarista do século XIX — no leito de morte de Ivan Ilitch!

Ricardo Marques é graduado em Letras e especialista em "História, Cultura e Sociedade". Desde 2015, atua como revisor e tradutor de obras literárias. Nos últimos anos, tem se dedicado sobretudo à pesquisa e às reedições de clássicos da literatura brasileira e estrangeira. Pela Editora Pandorga, colaborou em *Crime e Castigo*, *Carmilla HQ*, *As Melhores Histórias de Sherlock Holmes*, *Vidas Secas* e *Box Mitologia*.

---

5 Escritor português (1922-2010) vencedor do Prêmio Nobel de Literatura em 1998 – possui obras com altíssimo teor filosófico e críticas à Igreja Católica/ Cristianismo.

СМЕРТЬ ИВАНА ИЛЬИЧА.

повѣсть

Л. Н. ТОЛСТОГО.

Изданіе С.-Петербургскаго Комитета Грамотности, состоящаго при ИМПЕРАТОРСКОМЪ Вольномъ Экономическомъ Обществѣ.

С. ПЕТЕРБУРГЪ.
Типографія С. Добродѣева. Кабинскій пер., д. № 16.
1895.

Folha de rosto da edição russa de 1895 –
A Morte de Ivan Ilitch.

A MORTE DE IVAN ILITCH

Durante um intervalo no julgamento de Melvínski, no grande edifício do Tribunal de Justiça, os membros e o promotor reuniram-se no gabinete de Ivan Iegórovitch Chebek, e a conversa girou em torno do célebre caso Krassov.

Fiódor Vassílievitch sustentava acaloradamente que não estava sujeito à sua jurisdição, Ivan Iegórovitch argumentava o contrário, enquanto Piotr Ivánovitch, não tendo entrado na discussão desde o início, mantinha-se fora do debate, ocupando-se em folhear a *Gazeta*, que acabara de lhe ser entregue.

— Senhores! — disse ele. — Ivan Ilitch morreu!

— Não pode ser!

— Aqui, leia você mesmo — respondeu Piotr Ivánovitch, entregando a Fiódor Vassílievitch o exemplar ainda úmido da prensa. Emolduradas por uma borda preta estavam as palavras: "É com profundo pesar que Praskóvia Fiódorovna Goloviná informa parentes e amigos sobre o falecimento de seu amado marido, membro do Tribunal de Justiça, Ivan Ilitch Golovin, ocorrido em 4 de fevereiro deste ano de 1882. O funeral ocorrerá na sexta-feira à uma hora da tarde."

Ivan Ilitch era colega dos cavalheiros ali presentes, e querido por todos. Estava doente há algumas semanas, vítima de uma enfermidade considerada incurável. Seu posto fora mantido para ele, mas houve conjecturas de que, em caso de sua morte, Aleksêiev poderia ser indicado para substituí-lo, e que Vínnikov ou Chtábel sucederiam Aleksêiev. Assim, ao receber a notícia da morte de Ivan Ilitch, o primeiro pensamento que ocorreu a cada um dos cavalheiros presentes no gabinete recaiu sobre as mudanças e promoções que aquele acontecimento poderia ocasionar entre eles ou seus conhecidos.

"Tenho certeza de conseguir o lugar de Chtábel ou de

Vínnikov", pensou Fiódor Vassílievitch. "Isso me foi prometido há muito tempo, e a promoção significaria oitocentos rublos extras por ano, além do auxílio para despesas com o escritório."

"Agora devo solicitar a transferência de meu cunhado de Kaluga", pensou Piotr Ivánovitch. "Minha esposa ficará muito feliz e não poderá mais dizer que nunca faço nada por seus parentes."

— Achei mesmo que ele nunca mais sairia da cama — disse Piotr Ivánovitch em voz alta. — É muito triste.

— Mas de que exatamente ele sofria?

— Os médicos não sabiam dizer, ou melhor, até sabiam, mas cada um dizia algo diferente. Da última vez que o vi, achei que estava melhorando.

— Não o via desde as festas. Sempre quis ir.

— Ele tinha propriedades?

— Acho que a esposa tinha algo, mas nada significativo.

— Teremos que visitá-la, mas moram tão longe.

— Longe da sua casa, quer dizer. Tudo é longe da sua casa.

— Vejam! Ele nunca vai me perdoar por morar do outro lado do rio — disse Piotr Ivánovitch, sorrindo para Chebek. Em seguida, ainda falando sobre as distâncias entre os diferentes pontos da cidade, retornaram à Corte.

Além das considerações sobre as possíveis transferências e promoções que provavelmente resultariam da morte de Ivan Ilitch, o simples fato da morte de um conhecido próximo despertou em todos os que dela ouviram falar, como sempre, o sentimento complacente de que "é ele quem morreu e não eu".

Cada um pensou ou sentiu: "Bem, ele está morto, mas eu estou vivo!" Os conhecidos mais próximos de Ivan Ilitch, os assim chamados amigos, não podiam deixar de pensar também que teriam agora de cumprir as cansativas exigências sociais, comparecendo ao funeral e fazendo uma visita de condolências à viúva.

Fiódor Vassílievitch e Piotr Ivánovitch eram seus conhecidos mais próximos. Piotr Ivánovitch estudara Direito com Ivan Ilitch e sentia-se em dívida com ele.

Depois de contar à esposa, enquanto comiam, sobre a morte

de Ivan Ilitch e sobre a possibilidade de transferir o cunhado para o distrito, Piotr Ivánovitch sacrificou seu cochilo habitual, vestiu a casaca e dirigiu-se até a casa de Ivan Ilitch.

Na entrada havia uma carruagem e dois cocheiros. Junto à parede do corredor no térreo, rente ao cabideiro, havia uma tampa de caixão revestida com tecido dourado, ornamentada com cordões e borlas dourados, polidos com pó de metal. Duas senhoras vestidas de preto tiravam os casacos de pele. Piotr Ivánovitch reconheceu uma delas como irmã de Ivan Ilitch, mas a outra lhe era desconhecida. Seu colega Chvarts estava descendo as escadas, mas ao ver Piotr Ivánovitch, parou e piscou para ele, como se dissesse: "O que Ivan Ilitch fez foi uma grande tolice — muito diferente do que eu e você faríamos."

O rosto de Chvarts, com suas suíças inglesas, e sua figura esbelta, trajando casaca, transmitia, como sempre, um ar de elegante solenidade que contrastava com a jovialidade de seu caráter; e tinha naquela ocasião um toque especial, ou pelo menos foi o que pareceu a Piotr Ivánovitch.

Piotr Ivánovitch permitiu que as senhoras o precedessem e lentamente as seguiu escada acima. Chvarts não desceu, permanecendo onde estava, e Piotr Ivánovitch compreendeu que queria combinar onde jogariam *whist*[6] naquela noite. As senhoras subiram as escadas até o quarto da viúva, e Chvarts, com os lábios seriamente comprimidos, mas com olhar jocoso, indicou, com um movimento de sobrancelhas, o quarto à direita onde estava o corpo.

Piotr Ivánovitch, como a maioria das pessoas nessas ocasiões, entrou sem saber exatamente o que deveria fazer. Tudo o que sabia era que nessas horas é sempre mais seguro fazer o sinal da cruz. Mas não tinha certeza se também deveria curvar-se ao fazê-lo. Ele, portanto, adotou um caminho intermediário. Ao entrar, começou a fazer o sinal da cruz e ensaiou um leve movimento semelhante a uma reverência. Ao mesmo tempo, até onde o

---

6 Jogo de cartas, de origem inglesa, para quatro jogadores (duas duplas) – popular na aristocracia russa do século XIX.

movimento da cabeça e do braço lhe permitia, examinou o lugar. Dois jovens, aparentemente sobrinhos do falecido, um dos quais aluno do ensino médio, deixavam a sala, fazendo o sinal da cruz. Uma senhora estava imóvel, e outra, com sobrancelhas estranhamente arqueadas, sussurrava-lhe algo. Um vigoroso e resoluto sacristão, de sobrecasaca, lia algo em voz alta, com uma expressão que excluía qualquer contradição. O auxiliar do mordomo, Guerássim, pisando com leveza diante de Piotr Ivánovitch, polvilhava algo pelo chão. Percebendo isso, Piotr Ivánovitch sentiu imediatamente um leve odor do corpo em decomposição.

Em sua última visita a Ivan Ilitch, Piotr Ivánovitch viu Guerássim no escritório. Na ocasião, desempenhava a função de enfermeiro, e Ivan Ilitch gostava especialmente dele.

Piotr Ivánovitch continuou a fazer o sinal da cruz, inclinando ligeiramente a cabeça na direção intermediária entre o caixão, o sacristão e as imagens sobre a mesa no canto da sala. Depois, quando lhe pareceu que o gesto de fazer o sinal da cruz já se prolongara por tempo demais, parou e pôs-se a olhar o defunto.

O morto jazia, como sempre jazem os mortos, de uma forma especialmente pesada, os membros rígidos afundados nas almofadas macias do caixão, e a cabeça inclinada sobre o travesseiro. Sua fronte amarela, cor de cera, com pontos escalvados nas têmporas encovadas, elevava-se de uma forma peculiar aos mortos, o nariz saliente parecendo pressionar o lábio superior. Ele estava muito mudado, e ainda mais magro desde a última vez que Piotr Ivánovitch o vira, mas, como sempre acontece com os mortos, seu rosto estava mais bonito e, acima de tudo, mais digno do que quando era vivo. A expressão no rosto dizia que o que era necessário havia sido realizado, e da maneira correta. Além disso, havia naquela expressão uma censura e uma advertência aos vivos. Tal advertência pareceu a Piotr Ivánovitch inadequada, ou pelo menos não aplicável a ele próprio. Sentiu um certo desconforto e então fez o sinal da cruz apressadamente mais uma vez, virou-se e saiu pela porta com muita pressa e sem muita consideração pelo decoro, como ele próprio reconhecia.

Chvarts aguardava por ele na sala ao lado, com as pernas bem afastadas e ambas as mãos atrás das costas, brincando com a cartola. A mera visão daquela figura jocosa, asseada e elegante revigorou Piotr Ivánovitch. Ele sentia que Chvarts estava acima daqueles acontecimentos todos e não se renderia a qualquer influência deprimente. Seu próprio olhar já dizia que o incidente de um serviço religioso para Ivan Ilitch não poderia ser razão suficiente para violar a ordem da sessão, em outras palavras, certamente não o impediria de abrir um novo baralho de cartas e embaralhá-lo, naquela mesma noite, enquanto um criado disporia velas novas sobre a mesa; na verdade, não havia qualquer razão para supor que tal incidente impediria que passassem a noite de maneira agradável. Ele mesmo disse isso num sussurro quando Piotr Ivánovitch passou por ele, propondo que se encontrassem para um jogo na casa de Fiódor Vassílievitch. Mas aparentemente Piotr Ivánovitch não estava destinado a jogar *whist* naquela noite. Praskóvia Fiódorovna, uma mulher baixa e gorda que, apesar de todos os esforços em contrário, continuava a alargar-se continuamente dos ombros para baixo, e que tinha as mesmas sobrancelhas extraordinariamente arqueadas da senhora que estava ao lado do caixão, toda vestida de preto — com a cabeça coberta por um véu —, saiu de seu próprio aposento acompanhada de algumas outras senhoras e, conduzindo-as até o quarto onde jazia o defunto, disse:

— O serviço começará imediatamente. Por favor, entrem.

Chvarts, fazendo uma reverência vaga, permaneceu imóvel, evidentemente sem aceitar ou recusar o convite. Praskóvia Fiódorovna, reconhecendo Piotr Ivánovitch, suspirou, aproximou-se dele, tomou sua mão e disse:

— Sei que foi um verdadeiro amigo de Ivan Ilitch... — E olhou para ele esperando alguma resposta adequada. Piotr Ivánovitch sabia disso, assim como soubera que deveria fazer o sinal da cruz naquela sala, ali deveria apertar-lhe a mão, suspirar e dizer: "Pode acreditar que sim..." E foi o que fez. Ao fazê-lo, sentiu que o resultado desejado fora alcançado: tanto ele quanto ela estavam emocionados.

— Venha comigo. Quero falar-lhe antes de começar — disse a viúva. — Dê-me seu braço.

Piotr Ivánovitch deu-lhe o braço, e ambos seguiram aos aposentos internos, passando por Chvarts, que piscou para Piotr Ivánovitch compassivamente. "Lá se vai nosso *whist*! Não se oponha se encontrarmos outro jogador. Talvez possa juntar-se a nós quando conseguir escapar!", disse seu olhar jocoso.

Piotr Ivánovitch suspirou de forma ainda mais profunda e desanimada, e Praskóvia Fiódorovna apertou-lhe o braço, agradecida. Quando chegaram à sala de estar, forrada de cretone rosa e iluminada por uma luminária fraca, sentaram-se à mesa: ela no sofá e Piotr Ivánovitch num pufe baixo, cujas molas cediam espasmodicamente sob seu peso. Praskóvia Fiódorovna estivera a ponto de avisá-lo para que se sentasse em outro lugar, mas sentiu que tal aviso não condizia com sua condição atual e, por isso, mudou de ideia. Ao sentar-se no pufe, Piotr Ivánovitch lembrou-se de quando Ivan Ilitch decorara aquele aposento e o consultara a respeito do cretone rosa com folhas verdes. A sala inteira estava repleta de móveis e quinquilharias, e, ao dirigir-se ao sofá, a renda do xale preto da viúva ficou presa na beirada da mesa. Piotr Ivánovitch levantou-se para desprendê-la, mas as molas do pufe, aliviadas de seu peso, acompanharam seu movimento e deram-lhe um empurrão. A viúva começou a desprender ela mesma o xale, e Piotr Ivánovitch sentou-se novamente, suprimindo as molas rebeldes do pufe sob ele. Mas a viúva não conseguiu desvencilhar-se por completo, e Piotr Ivánovitch novamente levantou-se, e novamente o pufe se rebelou e até rangeu. Quando tudo acabou, ela pegou um lenço de cambraia limpo e pôs-se a chorar. O episódio do xale e a luta com o pufe esfriaram os ânimos de Piotr Ivánovitch, que permaneceu sentado com expressão taciturna. A situação embaraçosa foi interrompida por Sokolov, copeiro de Ivan Ilitch, que veio comunicar que o lote no cemitério escolhido por Praskóvia Fiódorovna custaria duzentos rublos. Ela parou de chorar e, olhando para Piotr Ivánovitch com ar de vítima, comentou em francês que aquilo era muito difícil para ela. Piotr Ivánovitch fez um gesto silencioso, demonstrando sua plena convicção de que não poderia ser diferente.

— Por favor, fume — disse ela com voz magnânima, mas arrasada, e virando-se para Sokolov, começou a discutir sobre o preço do lote para a sepultura.

Piotr Ivánovitch, enquanto acendia o cigarro, ouviu-a perguntar muito circunstancialmente sobre os preços de diferentes lotes do cemitério e finalmente decidir qual iria escolher. Feito isso, passou a dar instruções sobre o coro. Sokolov, então, saiu da sala.

— Estou cuidando de tudo sozinha — disse ela a Piotr Ivánovitch, empurrando os álbuns que estavam sobre a mesa; e ao perceber que a mesa estava ameaçada pelas cinzas do cigarro, ela imediatamente lhe entregou um cinzeiro, dizendo ao fazê-lo:

— Considero hipocrisia dizer que minha dor me impede de cuidar de assuntos práticos. Pelo contrário, se há algo que pode, não direi consolar-me, mas distrair-me, é cuidar de tudo o que diz respeito a ele. — Ela novamente pegou o lenço como se estivesse se preparando para chorar, mas de repente, como se refreasse seus sentimentos, tomou ânimo e começou a falar calmamente:

— Há algo, contudo, sobre o qual gostaria de falar-lhe.

Piotr Ivánovitch inclinou-se, mantendo o controle sobre as molas do pufe, que imediatamente começaram a tremer sob ele.

— Ele sofreu terrivelmente nos últimos dias.

— Sofreu muito? — perguntou Piotr Ivánovitch.

— Ah, terrivelmente! Gritava sem cessar, não por minutos, mas por horas. Nos últimos três dias, gritou sem parar. Foi insuportável. Não sei como aguentei tudo aquilo; era possível ouvi-lo até nos aposentos mais distantes. Ai, como sofri!

— É possível que estivesse consciente o tempo todo? — perguntou Piotr Ivánovitch.

— Sim — sussurrou ela —, até o último momento. Ele despediu-se de nós quinze minutos antes de morrer e pediu-nos que levássemos Volódia embora.

A ideia do sofrimento daquele homem que ele conhecera tão

intimamente, primeiro como um alegre garotinho, depois como colega de escola e, mais tarde, como adulto, de repente deixou Piotr Ivánovitch horrorizado, apesar da desagradável consciência da própria hipocrisia e da dissimulação daquela mulher. Visualizou novamente aquela testa e o nariz pressionando o lábio, e sentiu medo por si mesmo.

"Três dias de terrível sofrimento, e depois a morte! Ora, isso pode me acontecer de repente, a qualquer momento", pensou ele, e por um momento sentiu-se aterrorizado. Mas, imediatamente, sem que soubesse como, ocorreu-lhe a habitual reflexão de que aquilo acontecera a Ivan Ilitch, e não a ele, de que não deveria e não poderia lhe acontecer, e de que, assim pensando, cederia ao desalento, o que não deveria fazer, como a expressão de Chvarts mostrara claramente. Após tal reflexão, Piotr Ivánovitch sentiu-se mais calmo e começou a perguntar com interesse sobre os detalhes da morte de Ivan Ilitch, como se a morte fosse um acidente natural para Ivan Ilitch, mas de modo algum para ele mesmo.

— Ah, Piotr Ivánovitch, como é difícil! Terrivelmente, terrivelmente difícil! — E voltou a chorar.

Piotr Ivánovitch suspirou e esperou que ela assoasse o nariz. Quando terminou, ele disse:

— Tenho certeza que sim...

E ela voltou a falar, revelando o que era evidentemente seu principal assunto com ele; a saber, questioná-lo sobre como poderia obter uma indenização do governo por ocasião da morte de seu marido. Ela fez parecer que estava pedindo conselhos a Piotr Ivánovitch sobre sua pensão, mas ele logo percebeu que ela já havia se inteirado do assunto nos mínimos detalhes, mais até do que ele próprio. Ela sabia quanto poderia ser obtido do governo em consequência da morte do marido, mas queria descobrir se não conseguiria extrair algo mais. Piotr Ivánovitch tentou pensar em algum meio de fazer isso, mas depois de refletir um pouco e, por conveniência, condenar o governo por sua mesquinhez, disse que achava que nada mais poderia ser conseguido. Então, ela suspirou e visivelmente começou a imaginar meios de se livrar do visitante. Percebendo isso, ele apagou o cigarro, levantou-se, apertou a mão dela e saiu para a antessala.

Na sala de jantar onde ficava o relógio de que Ivan Ilitch tanto gostara, comprado numa loja de antiguidades, Piotr Ivánovitch encontrou um padre e alguns conhecidos que tinham vindo assistir à missa, e reconheceu a filha de Ivan Ilitch, uma bela e jovem mulher. Ela vestia preto, e sua figura esbelta parecia mais magra do que nunca. Tinha uma expressão sombria, determinada, quase zangada, e fez uma reverência diante de Piotr Ivánovitch como se ele fosse culpado de alguma forma. Atrás dela, com o mesmo olhar ofendido, estava um jovem rico, juiz de instrução, que Piotr Ivánovitch conhecia e que era seu noivo, como ouvira falar. Ele curvou-se tristemente diante deles e estava prestes a entrar no quarto do morto quando, debaixo da escada, surgiu a figura do filho de Ivan Ilitch, que era estudante e extremamente parecido com o pai. Parecia uma miniatura de Ivan Ilitch, como Piotr Ivánovitch lembrava quando estudaram Direito juntos. Seus olhos marejados tinham a expressão que se vê nos olhos de meninos de treze ou quatorze anos que não têm a mente pura. Quando viu Piotr Ivánovitch, fez uma careta sombria e tímida. Piotr Ivánovitch acenou para ele e entrou no quarto do morto.

O serviço religioso começou: velas, lamentos, incenso, lágrimas e soluços. Piotr Ivánovitch ficou olhando sombriamente para os próprios pés. Ele não olhou nem uma vez sequer para o morto, não cedeu a nenhuma influência deprimente e foi um dos primeiros a se retirar. Não havia ninguém na antessala, mas Guerássim saiu apressado do quarto do falecido, vasculhou com suas mãos fortes os casacos de pele em busca do de Piotr Ivánovitch e ajudou-o a vesti-lo.

— Bem, amigo Guerássim — disse Piotr Ivánovitch, para dizer alguma coisa —, é um caso triste, não é?

— É a vontade de Deus. Um dia todos teremos o mesmo fim — disse Guerássim, mostrando os dentes brancos e uniformes de um camponês saudável, e, como um homem no meio de uma tarefa urgente, abriu rapidamente a porta da frente, chamou o cocheiro, ajudou Piotr Ivánovitch a subir e saltou de volta para a varanda, como que pronto para o que teria de fazer a seguir.

Piotr Ivánovitch achou o ar fresco particularmente agradável depois do cheiro de incenso, cadáver e ácido fênico.

— Para onde, senhor? — perguntou o cocheiro.

— Ainda não está tão tarde. Vou visitar Fiódor Vassílievitch.

Assim, dirigiu-se até lá e os encontrou terminando a primeira rodada, de modo que pôde entrar como quinto jogador.

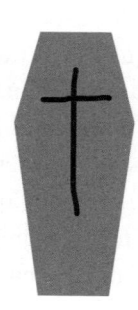

02

A vida de Ivan Ilitch fora muito simples e comum e, portanto, terrível. Faleceu aos quarenta e cinco anos, como membro do Tribunal de Justiça. Seu pai foi um funcionário que, depois de servir em vários ministérios e departamentos em Petersburgo, fez o tipo de carreira que leva os homens a posições das quais, devido ao seu longo tempo de serviço, não podem ser demitidos, embora sejam obviamente incapazes de ocupar qualquer cargo de responsabilidade e para quem, portanto, são especialmente criados cargos que, embora fictícios, acarretam salários de seis a dez mil rublos que não são fictícios, e com cujo recebimento vivem até idade avançada.

Tal era o Conselheiro Privado e membro supérfluo de diversas instituições supérfluas, Ilia Iefímovitch Golovin.

Ele teve três filhos, dos quais Ivan Ilitch era o segundo. O filho mais velho seguiu os passos do pai, mas em outro departamento, e já se aproximava do tempo de serviço em que uma sinecura semelhante seria alcançada. O terceiro filho era um fracasso. Havia arruinado suas perspectivas em vários cargos e agora servia no departamento ferroviário. Seu pai e irmãos, e ainda mais as esposas deles, não apenas não gostavam de encontrá-lo, mas evitavam lembrar-se de sua existência, a menos que fossem obrigados a fazê-lo. Sua irmã se casara com o barão Gref, um funcionário de Petersburgo do mesmo tipo de seu pai. Ivan Ilitch era *le phenix de la famille*[7], como diziam. Não era tão frio e formal quanto seu irmão mais velho, nem tão incontrolável quanto o mais novo, mas era o meio-termo entre eles — um homem inteligente, polido, vivaz e agradável. Estudara com o irmão mais novo na faculdade

---

7 "O orgulho da família", em francês no original.

de Direito, mas este não concluiu o curso e foi expulso no quinto ano. Ivan Ilitch, ao contrário, concluiu o curso com distinção.

Mesmo quando ainda cursava a faculdade de Direito, já era exatamente o que seria pelo resto de sua vida: um homem capaz, alegre, bem-humorado e sociável, embora rigoroso no cumprimento do que considerava ser seu dever; e considerava seu dever tudo que era considerado pelas autoridades. Nem quando menino, nem como homem fora um bajulador, mas desde muito jovem foi, por natureza, atraído por pessoas de alta posição, como uma mosca é atraída pela luz, assimilando seus modos e opiniões e estabelecendo com elas relações de amizade. Todas as paixões da infância e da juventude passaram sem deixar nele muitos vestígios; sucumbiu à volúpia, à vaidade e, mais tarde, entre as classes mais altas, ao liberalismo, mas sempre dentro dos limites que seu instinto infalivelmente lhe indicava como corretos.

Na escola, cometera atos que antes lhe pareciam horríveis e que, enquanto os cometia, fizeram-lhe sentir repulsa de si mesmo; mas quando mais tarde viu que tais atos eram cometidos por pessoas de boa posição, e que estas não os consideravam errados, foi capaz não exatamente de considerá-los corretos, mas de esquecê-los inteiramente, ou de não se perturbar de forma alguma com sua lembrança.

Depois de concluir a faculdade de Direito, qualificando-se para o décimo posto do serviço público, e de receber dinheiro de seu pai para o uniforme obrigatório, Ivan Ilitch encomendou roupas para si mesmo no Charmer, o alfaiate da moda, pendurou um medalhão com a inscrição *Respice Finem*[8] na corrente do relógio, despediu-se do professor e príncipe patrono da escola, jantou com seus camaradas no requintado restaurante Donon, e com sua nova e elegante maleta, linho, roupas, barbeador e outros utensílios de toalete, além de uma manta de viagem, tudo comprado nas melhores lojas, partiu para uma das províncias onde, por influência de seu pai, fora indicado ao governador como

---

8 "Olhe para o fim", em latim no original.

funcionário para serviços especiais.

Na província, Ivan Ilitch logo conseguiu para si uma posição tão fácil e agradável quanto a que tivera na faculdade de Direito. Cumpriu sua tarefa oficial, fez carreira e ao mesmo tempo divertiu-se de maneira agradável e decorosa. Ocasionalmente, fazia visitas oficiais a distritos rurais onde se comportava com dignidade tanto para com os seus superiores como para os inferiores, e desempenhava os deveres que lhe eram confiados, relacionados principalmente com os sectários, com uma exatidão e uma honestidade incorruptível das quais não podia deixar de sentir orgulho. Nos assuntos oficiais, apesar da juventude e do gosto pela alegria frívola, era extremamente reservado, meticuloso e até severo; já no convívio social, era com frequência divertido, espirituoso e sempre bem-humorado, correto em seus modos, e *bon enfant*[9], como o governador e sua esposa, para os quais era considerado alguém da família, costumavam dizer.

Na província teve um caso com uma senhora que fez propostas ao jovem e elegante advogado, e houve também uma modista; e houve festas com ajudantes de campo que visitaram o distrito, e idas, depois do jantar, a uma certa rua periférica de reputação duvidosa; e houve também alguma subserviência para com seu chefe, e até para com a esposa de seu chefe, mas tudo isso feito com tal tom de boa educação que nenhum termo mais pejorativo poderia ser empregado para denominar. Tudo aquilo só poderia encaixar-se sob a rubrica do ditado francês: "*Il faut que jeunesse se passe.*"[10] Tudo feito com as mãos limpas, em puro linho, com frases em francês, e sobretudo entre pessoas da alta sociedade e, consequentemente, com a aprovação de pessoas de posição.

Assim, Ivan Ilitch serviu por cinco anos, até que ocorreu uma mudança em sua carreira. Surgiram instituições judiciais novas e reformadas para as quais eram necessários novos homens. E Ivan Ilitch tornou-se um deles. Foi-lhe oferecido o cargo de juiz de

---

9 "Bom garoto", em francês no original.

10 "É preciso que a juventude se esgote", em francês no original.

instrução, e ele o aceitou, embora o cargo fosse em outra província, o que o obrigou a renunciar às relações que havia estabelecido e criar novas. Seus amigos se reuniram para a despedida; tiraram uma fotografia do grupo e presentearam-no com uma cigarreira de prata, e ele partiu para o novo posto.

Como juiz de instrução, Ivan Ilitch era um homem tão *comme il faut*[11] e decoroso, que inspirava o respeito de todos e era capaz de separar os deveres oficiais da vida privada, assim como o fizera quando atuava como funcionário em missões especiais. Suas funções agora como juiz de instrução eram muito mais interessantes e atraentes do que antes. Em sua posição anterior, o mais agradável era usar um uniforme confeccionado por Charmer e passar pela multidão de peticionários e funcionários que aguardavam timidamente uma audiência com o governador, e que o invejavam quando — com andar livre e tranquilo — ia diretamente para a sala privada do chefe para tomar uma xícara de chá e desfrutar de um cigarro em sua companhia. Mas eram poucas as pessoas que dependiam diretamente dele, apenas oficiais da polícia e sectários, quando ele saía em missões especiais. Ele gostava de tratá-los educadamente, quase como camaradas e, assim, dar-lhes a sensação de que mesmo tendo o poder de esmagá-los, preferia tratá-los de forma simples e amistosa. Naquela época havia poucas pessoas assim. Mas agora, como juiz de instrução, Ivan Ilitch sentia que todos, sem exceção, mesmo os mais importantes e emproados, estavam em seu poder, e que lhe bastava escrever algumas palavras em uma folha de papel timbrado para que esta ou aquela pessoa importante e autossuficiente fosse trazida à sua presença como acusado ou testemunha, e se decidisse não permitir que se sentasse, teria que permanecer diante dele e responder às suas perguntas. Ivan Ilitch nunca abusou de seu poder; ao contrário, tentou atenuar sua expressão, mas a consciência de tal poder e a possibilidade de suavizar seu efeito eram-lhe a principal fonte de interesse e atração em seu cargo. Em seu

---

11 "Apropriado e de boas maneiras", em francês no original.

trabalho, especialmente nos processos de instrução, rapidamente desenvolveu um método para eliminar considerações irrelevantes ao aspecto jurídico do caso, e reduzir até mesmo o caso mais complexo a uma forma tal que só se refletisse no papel em seu aspecto exterior, excluindo completamente sua opinião pessoal sobre o assunto, observando sobretudo as formalidades prescritas. A obra era nova, e Ivan Ilitch foi um dos primeiros homens a aplicar o novo Código de 1864.

Ao assumir o cargo de juiz de instrução em uma nova cidade, construiu novas relações e novos vínculos, assumiu novas atitudes e adquiriu um tom diferente. Tomou para si uma atitude de indiferença bastante digna em relação às autoridades provinciais, mas escolheu o melhor círculo de cavalheiros e nobres ricos do judiciário que viviam na cidade, e adotou um tom de ligeira insatisfação com o governo, de liberalismo moderado e de cidadania erudita. Ao mesmo tempo, sem alterar em nada a elegância de seu vestuário, não mais raspou o queixo e deixou a barba crescer à vontade.

Ivan Ilitch estabeleceu-se muito bem na nova cidade. A sociedade local, que tendia à oposição ao governador, era amigável, seu salário era maior, e ele começou a jogar *whist*, o que acrescentou muito ao prazer da vida, pois ele tinha habilidade para cartas, jogava com bom humor e calculava com rapidez e astúcia, de modo que geralmente ganhava.

Depois de dois anos na nova cidade, ele conheceu sua futura esposa, Praskóvia Fiódorovna Mikhel, que era a jovem mais atraente, inteligente e brilhante do círculo que frequentava, e entre diversões e pausas no trabalho como juiz de instrução, Ivan Ilitch incluiu relações leves e joviais com ela.

Enquanto fora funcionário de missões especiais, estava habituado a dançar, mas agora, como juiz de instrução, era essencial que o fizesse. Quando dançava, o fazia como se quisesse mostrar que, embora servisse sob novas instituições e tivesse alcançado o quinto grau do posto oficial, ainda assim, quando se tratava de dançar, era capaz de fazê-lo melhor do que a maioria. Assim, algumas vezes, no final da noite, ele saía para dançar com Praskóvia

Fiódorovna, e era principalmente durante essas danças que a cativava. Ela se apaixonou por ele; a princípio, Ivan Ilitch não tinha nenhuma intenção definida de se casar, mas quando a moça se apaixonou, disse para si mesmo: "Pensando bem, por que não?" Praskóvia Fiódorovna vinha de excelente família, tinha boa aparência e possuía algumas poucas propriedades. Ivan Ilitch poderia ter aspirado partido melhor, mas aquele se mostrou satisfatório. Ele tinha seu salário e ela, conforme o noivo esperava, teria uma renda equivalente. Era bem relacionada, uma jovem doce, bonita e muito correta. Dizer que Ivan Ilitch se casou por estar apaixonado por Praskóvia Fiódorovna — ou por ter encontrado nela alguém que compartilhava de suas visões de vida — seria tão incorreto quanto afirmar que o fez porque seu círculo social aprovava o enlace. Ele foi influenciado por ambas as considerações: o casamento lhe proporcionou satisfação pessoal e, ao mesmo tempo, foi considerado a coisa certa a fazer pelos seus associados mais bem colocados.

E Ivan Ilitch se casou.

Os preparativos para o casamento e o início da vida conjugal, com carinhos nupciais, móveis novos, louças novas e enxoval novo, foram muito prazerosos até a gravidez da esposa, de modo que Ivan Ilitch começou a pensar que o casamento não só não prejudicaria aquela vida leve, agradável e sempre decorosa e aprovada pela sociedade, que ele mesmo considerava como natural, mas poderia até melhorá-la. No entanto, desde os primeiros meses de gravidez de sua esposa, algo novo, desagradável, deprimente e impróprio, e do qual não havia como escapar, surgiu inesperadamente.

Sua esposa, sem qualquer razão aparente, de *gaiete de coeur*[12], como Ivan Ilitch dizia para si mesmo, começou a perturbar o prazer e a decência de suas vidas. Passou a nutrir ciúmes infundados, exigir que lhe dedicasse total atenção, criticar tudo e fazer cenas grosseiras e mal-educadas.

A princípio, Ivan Ilitch esperava escapar da contrariedade

---

12 "Por mero capricho", em francês no original.

daquela situação com a mesma leveza e decoro em relação à vida que lhe servira até então: tentou ignorar os humores desagradáveis de sua esposa, continuou a viver de maneira habitual, leve e agradável; convidou amigos para jogar cartas em sua casa e também tentou ir ao clube ou passar as noites em companhia dos companheiros. Mas certa vez, sua esposa começou a repreendê-lo de maneira tão vigorosa, fazendo uso de palavras tão grosseiras toda vez que ele não cumpria suas exigências, tão resolutamente e com determinação tão evidente de não ceder até que ele se submetesse, ou seja, até que ficasse em casa, entediado como ela, que Ivan Ilitch ficou horrorizado. Ele agora percebia que o matrimônio, pelo menos com Praskóvia Fiódorovna, nem sempre conduzia aos prazeres e amenidades da vida, mas, pelo contrário, muitas vezes infringia tanto o conforto como a dignidade, e que ele deveria, portanto, entrincheirar-se contra tal violação. E Ivan Ilitch começou a procurar meios de fazê-lo. Seus deveres oficiais eram os únicos que se impunham sobre Praskóvia Fiódorovna e, por meio de seu trabalho oficial e dos encargos a ele associados, começou a lutar contra a esposa a fim de garantir a própria independência.

Por ocasião do nascimento do filho, as tentativas de alimentá-lo, os vários fracassos em fazê-lo, as doenças reais e imaginárias de mãe e filho, nas quais se exigia a simpatia de Ivan Ilitch, mas sobre as quais ele nada entendia, a necessidade de garantir uma existência fora da vida familiar tornou-se ainda mais imperativa para ele.

À medida que sua esposa se tornava mais irritada e exigente, Ivan Ilitch transferia cada vez mais o centro de gravidade de sua vida para o trabalho oficial, passando a gostar mais e mais de seu ofício, e tornando-se mais ambicioso que nunca.

Muito rapidamente, cerca de um ano após o casamento, Ivan Ilitch percebeu que o matrimônio, ainda que pudesse acrescentar alguns confortos à vida, era na verdade um assunto muito complexo e difícil, ao qual, para cumprir seu dever, isto é, liderar uma vida decorosa aprovada pela sociedade, deveria adotar uma atitude determinada, assim como em relação aos encargos laborais.

E Ivan Ilitch adotou tal atitude em relação ao matrimônio.

Da vida familiar apenas exigia as conveniências que ela podia lhe proporcionar: o jantar, a dona de casa e o leito, além das formalidades exteriores exigidas pela opinião pública. Quanto ao resto, ele procurava prazer despreocupado e decoro, e ficava muito grato quando os encontrava, mas se se defrontasse com antagonismo e queixosidade, retirava-se imediatamente para seu mundo isolado e cercado de deveres oficiais, onde encontrava satisfação.

Ivan Ilitch era considerado um bom funcionário e, após três anos, foi nomeado assistente do procurador. As suas novas funções, sua importância, a possibilidade de indiciar e prender quem quisesse, a publicidade que seus discursos recebiam e o êxito que obteve em todas essas questões tornaram seu trabalho ainda mais atraente.

Nasceram mais filhos. Sua esposa tornou-se ainda mais queixosa e mal-humorada, mas a atitude que Ivan Ilitch adotou em relação à vida doméstica o tornava quase imune aos seus queixumes.

Após sete anos de serviço naquela cidade, foi transferido para outra província como procurador. Eles se mudaram, mas estavam com pouco dinheiro, e sua esposa não gostou do lugar. Embora o salário fosse mais elevado, o custo de vida era maior, além disso, dois de seus filhos morreram, e a vida familiar tornou-se ainda mais indigesta.

Praskóvia Fiódorovna culpava o marido por todos os inconvenientes que encontraram na nova casa. A maior parte das conversas entre marido e mulher, especialmente sobre a educação dos filhos, conduzia a temas que lembravam disputas anteriores, e essas disputas podiam ressurgir a qualquer momento. Restavam apenas alguns raros períodos de amor que ainda ocorriam, mas não duravam muito. Eram ilhotas em que ancoravam por algum tempo, mas depois partiam novamente rumo ao oceano de hostilidade velada que se manifestava no distanciamento um do outro. Tal indiferença poderia ter entristecido Ivan Ilitch se ele considerasse que não deveria existir, mas agora já a considerava normal, e até fez dela o objetivo a almejar na vida familiar. Sua aspiração era libertar-se cada vez mais dessas coisas incômodas e conferir-lhes uma aparência de inofensividade e decoro. Nisso obteve êxito ao passar cada vez menos tempo com a família e, quando era obrigado a ficar em casa, tentava salvaguardar sua posição com a presença de estranhos. O mais importante, porém, era que ele tinha suas funções oficiais. Todo o interesse de sua vida centrava-se agora no mundo oficial, e esse interesse o absorvia por completo. A consciência de seu poder, a possibilidade de arruinar quem bem lhe aprouvesse, a importância, até mesmo a dignidade externa, de sua entrada no tribunal ou das reuniões com subordinados, seu êxito junto aos superiores e subalternos e, acima de tudo, seu magistral desempenho nos casos, do qual tinha plena consciência — tudo isso lhe proporcionava prazer e preenchia sua vida, juntamente com as conversas com colegas, os jantares e o *whist*. De modo que, no geral, a vida de Ivan Ilitch continuou a fluir como considerava que deveria ser: de forma agradável e decorosa.

Assim as coisas permaneceram por mais sete anos. Sua filha mais velha já tinha dezesseis anos, outra criança havia morrido e restava apenas um filho, o estudante, motivo de discórdia. Ivan Ilitch queria enviá-lo à faculdade de Direito, mas, para irritá-lo, Praskóvia Fiódorovna o matriculou no Ensino Médio. A filha era educada em casa e tinha um bom desempenho; o menino também não ia mal nos estudos.

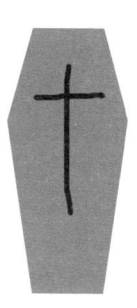

03

Assim transcorreu a vida de Ivan Ilitch por dezessete anos após seu casamento. Já era procurador de longa data e recusara várias propostas de transferência enquanto aguardava um cargo mais desejável, quando um acontecimento imprevisto e incômodo perturbou o curso pacífico da sua vida. Ele esperava que lhe fosse oferecido o cargo de juiz-presidente em uma cidade universitária, mas Goppe de alguma forma passou à sua frente e conseguiu a nomeação. Ivan Ilitch ficou irritado, censurou Goppe e acabou por brigar com ele e seus superiores imediatos, que passaram a tratá-lo com frieza e novamente o preteriram em outras nomeações.

Isto foi em 1880, o ano mais difícil da vida de Ivan Ilitch. Foi então que se tornou evidente, por um lado, que seu salário era insuficiente para o sustento da família, e por outro, que fora completamente esquecido, e não só isso, o fato que lhe parecia a maior e mais cruel injustiça era, na visão dos outros, algo absolutamente comum. Mesmo seu pai não considerava seu dever ajudá-lo. Ivan Ilitch sentiu-se abandonado por todos que consideravam sua posição com um salário de três mil e quinhentos rublos bastante normal e até afortunada. Só ele sabia que, com a consciência das injustiças que lhe eram feitas, com as incessantes insistências da esposa e com as dívidas que contraíra por viver acima de suas posses, sua situação estava longe de ser normal.

Para economizar naquele ano, ele obteve uma licença e foi com a esposa passar o verão no campo, na casa do irmão dela.

No campo, longe do trabalho, sentiu pela primeira vez o tédio, e não só o tédio, mas uma angústia intolerável, e decidiu que era impossível continuar vivendo daquela forma, e que era necessário tomar medidas drásticas.

Depois de passar uma noite em claro, andando de um lado para o outro na varanda, decidiu ir a Petersburgo e tomar providências a fim de punir aqueles que não o valorizaram e transferir-se para outro ministério.

No dia seguinte, a despeito dos protestos da esposa e do cunhado, ele partiu para Petersburgo com o único objetivo de conseguir um cargo com salário de cinco mil rublos por ano. Já não estava mais empenhado em nenhum departamento, tendência ou tipo de função em particular; tudo o que almejava era uma nomeação para outro cargo com um salário de cinco mil rublos, fosse na administração, nos bancos, nas ferrovias de uma das instituições da Imperatriz Maria, ou mesmo na alfândega, contanto que o salário fosse de cinco mil rublos e que atuasse em outro ministério, diferente daquele em que não fora valorizado. E eis que a busca de Ivan Ilitch foi coroada com um êxito notável e inesperado. Em Kursk, um conhecido seu, F. S. Ilyin, entrou no vagão de primeira classe, sentou-se ao lado de Ivan Ilitch e contou-lhe sobre um telegrama recém-recebido pelo governador de Kursk anunciando que uma mudança estava para ocorrer no ministério: Ivan Semiónovitch seria indicado para o cargo de Piotr Ivánovitch.

A mudança proposta, para além de seu significado para a Rússia, tinha um impacto especial para Ivan Ilitch, porque a promoção de um novo homem, Piotr Ivánovitch, e consequentemente do seu amigo, Zakhar Ivánovitch, era-lhe altamente favorável, uma vez que Zakhar Ivánovitch era seu colega e amigo.

Em Moscou, a notícia foi confirmada e, ao chegar a Petersburgo, Ivan Ilitch encontrou Zakhar Ivánovitch e dele recebeu a promessa definitiva de uma nomeação ao seu antigo Ministério da Justiça.

Uma semana depois, ele telegrafou para a esposa: "Zakhar no lugar de Miller. Receberei nomeação no primeiro despacho."

Graças a esta mudança de pessoal, Ivan Ilitch obteve inesperadamente uma nomeação em seu antigo ministério, o que o colocou duas classes acima de seus antigos colegas, além de lhe garantir um salário de cinco mil rublos, e três mil e quinhentos rublos para despesas relacionadas à sua transferência. Todo o mau humor para com os antigos inimigos e o ministério desapareceu, e Ivan Ilitch viu-se no auge da felicidade.

Ele retornou ao campo mais alegre e animado do que nunca. Praskóvia Fiódorovna também se animou, e houve uma trégua entre eles. Ivan Ilitch contou como fora honrado por todos em Petersburgo, como todos aqueles que haviam sido seus inimigos foram humilhados e agora o bajulavam, como tinham inveja de sua nomeação e como todos em Petersburgo o apreciavam. Praskóvia Fiódorovna ouviu tudo aquilo e pareceu acreditar. Ela não o contradisse nem uma vez sequer, apenas fez planos para a vida deles na cidade para onde se mudariam. Ivan Ilitch viu com alegria que esses planos eram também seus planos, que ele e a esposa concordavam e que, depois de um tropeço, sua vida estava recuperando o caráter que lhe era próprio e natural, de agradável leveza e decoro.

Ivan Ilitch regressou apenas por um breve período, pois teria que assumir suas novas funções no dia 10 de setembro. Além disso, ele precisava de tempo para se instalar no novo local, para transferir todos os seus pertences da província e para comprar e encomendar muitas outras coisas: em resumo, para tomar as providências que havia decidido e que eram quase exatamente iguais àquelas decididas por Praskóvia Fiódorovna.

Agora que tudo transcorrera de forma tão favorável, e que ele e a esposa tinham os mesmos objetivos e, além disso, se viam tão pouco, passaram a conviver melhor do que nos primeiros anos de casamento. Ivan Ilitch pensara em levar a família consigo imediatamente, mas a insistência do cunhado e da cunhada, que de repente se tornaram particularmente amáveis e amistosos para com ele e sua família, induziram-no a partir sozinho.

Então ele partiu, e o estado de espírito alegre induzido por seu sucesso e pela harmonia conjugal, um intensificando o outro, não o abandonou. Encontrou uma casa encantadora, exatamente como ele e a esposa sonharam, com salas de recepção espaçosas, pé-direito alto, em estilo antigo, um escritório confortável e imponente, quartos para a esposa e filha, uma sala de estudos para o filho; tudo parecia ter sido construído especialmente para eles.

O próprio Ivan Ilitch supervisionou os preparativos, escolheu os papéis de parede, comprou os móveis que faltavam (dando preferência às antiguidades que considerava particularmente *comme il faut*) e o estofamento. Tudo transcorreu, progrediu e aproximou-se do ideal a que ele próprio se propusera. Mesmo quando a decoração ainda estava pela metade, já havia superado suas expectativas. Vislumbrou o caráter refinado, elegante, longe de qualquer vulgaridade, que tudo teria quando estivesse pronto. Antes de adormecer, imaginava como seria a sala de recepção. Olhando para a sala ainda inacabada podia ver a lareira, o guarda-fogo, a estante, as cadeirinhas distribuídas aqui e ali, as travessas e os pratos nas paredes, os bronzes, e como tudo ficaria quando estivesse em seu devido lugar. Alegrava-se ao pensar em como sua esposa e filha, que compartilhavam de seu gosto para decoração, ficariam impressionadas. Certamente não esperavam tanto.

Ele foi particularmente bem-sucedido em encontrar e comprar antiguidades baratas, o que conferia um caráter aristocrático ao lugar. Mas nas suas cartas ele atenuava tudo intencionalmente, para poder surpreendê-las. Tudo aquilo o absorveu de tal maneira que suas novas funções — embora gostasse muito de seu trabalho — interessaram-no menos do que esperava. Às vezes, tinha momentos de distração durante as sessões do tribunal e ponderava se deveria ter cornijas retas ou curvas nas cortinas. Entretinha-se tanto com tudo aquilo que, muitas vezes, cuidava ele próprio das coisas, reorganizando móveis ou recolocando o cortinado. Certa vez, ao subir em uma escada para mostrar ao tapeceiro, que não entendia como ele queria que as cortinas fossem penduradas, deu um passo em falso e escorregou, mas sendo um homem forte e ágil, agarrou-se e apenas bateu o flanco contra a maçaneta da janela. O local machucado doeu, mas logo passou, e ele se sentiu particularmente bem e animado naquele momento. Assim escreveu: "Sinto-me quinze anos mais jovem." Ele pensou que teria tudo pronto até setembro, mas aquilo se arrastou até meados de outubro. O resultado foi encantador não apenas aos seus olhos, mas para todos que visitavam a casa.

Na realidade, repetia-se o que normalmente se via nas casas daqueles de meios moderados que querem parecer ricos e, portanto, só conseguem se parecer com outros como eles: há adamascados, madeira escura, plantas, tapetes e bronzes foscos e polidos — tudo aquilo que pessoas de uma determinada classe possuem para se parecerem com outras pessoas dessa classe. A casa ficou tão parecida com as outras que não chamava a atenção de ninguém, mas para ele tudo estava excepcional. Ficou muito feliz quando encontrou a família na estação e os levou até a casa recém-mobiliada e toda iluminada, onde um lacaio de gravata branca abriu a porta do corredor decorado com plantas. Ao entrarem na sala de estar e no escritório, todos soltaram exclamações de alegria. Ele os conduziu por toda parte, sorvendo seus elogios com entusiasmo e sorrindo de prazer. Naquela mesma noite, durante o chá, quando Praskóvia Fiódorovna, entre outras coisas, lhe perguntou sobre sua queda, ele riu e mostrou-lhes como havia voado e assustado o tapeceiro.

— Felizmente sou um tanto atleta. Outro, em meu lugar, poderia ter morrido, mas apenas me machuquei um pouco, bem aqui; dói quando toco, mas já está passando, é apenas um hematoma.

Assim, começaram a viver na nova casa, onde, como sempre acontece, depois de devidamente instalados, acharam que faltava um aposento; a renda havia aumentado, mas, como também sempre acontece, consideraram que faltava apenas mais um pouco: cerca de quinhentos rublos — mas tudo transcorreu muito bem.

As coisas correram particularmente bem no início, antes de tudo estar finalmente arranjado e enquanto algo ainda precisava ser feito: comprar certas coisas, encomendar outras, mudar certos objetos de lugar e ajustar outros. Embora houvesse algumas controvérsias entre marido e mulher, ambos estavam tão satisfeitos e tinham tanto a fazer que tudo transcorreu sem nenhuma discussão séria. Quando não havia mais nada a ser organizado, tudo se tornou um tanto enfadonho e parecia ainda faltar algo, mas então novas amizades e hábitos estavam se estabelecendo, e a vida tornou-se plena.

Ivan Ilitch passava as manhãs no tribunal e voltava para casa à hora do almoço, a princípio bem-humorado, embora ocasionalmente ficasse irritado, e sempre por causa da casa. (Cada mancha na toalha de mesa ou no estofado, cada cordão arrebentado da persiana, irritava-o. Dedicara-se tanto para deixar tudo em ordem, que o menor estrago o angustiava.) Mas, no geral, sua vida seguiu o curso que ele julgava apropriado: de maneira leve, agradável e decorosa. Acordava às nove, tomava café, lia o jornal, depois vestia o uniforme e ia ao tribunal. Ali o aguardava o arnês do trabalho, a que se submetia sem relutância: peticionários, inquéritos na chancelaria, a própria chancelaria e sessões públicas e administrativas. Em tudo isso, o objetivo era excluir aquilo que fosse relacionado à sua vida real, o que sempre perturba o curso regular das questões oficiais, e admitir apenas relações oficiais com as partes, e mesmo assim tão somente por motivos oficiais. Alguém chegava, por exemplo, querendo obter determinada informação, e Ivan Ilitch, como alguém em cuja esfera o assunto não se encontrava, nada teria a ver com o tema, mas se essa pessoa mantivesse com ele qualquer relação dentro dos parâmetros oficiais, algo que pudesse ser expresso em papel timbrado, ele faria tudo, rigorosamente tudo dentro dos limites de tais relações e, ao fazê-lo, observaria a aparência de relações humanas amistosas, ou seja, observaria as cortesias da vida. Assim que tais relações oficiais findassem, o mesmo aconteceria com todo o resto. Ivan Ilitch possuía, no mais alto grau, esta capacidade de separar sua vida real do lado oficial dos assuntos, e não misturar os dois, e através de longa prática e aptidão natural elevou-a a tal ponto que por vezes, à maneira de um virtuose, até se permitiria deixar as relações humanas e oficiais se misturarem. Permitia-se assim proceder apenas porque sentia que poderia, a qualquer momento, retomar a atitude estritamente oficial, abandonar a relação humana e fazê-lo de forma leve, agradável, decorosa e até artística. Nos intervalos das sessões fumava, tomava chá, conversava um pouco sobre política, um pouco sobre temas gerais, um pouco sobre cartas, mas sobretudo sobre nomeações oficiais. Cansado, mas com a sensação de um virtuose, um dos primeiros violinistas que tocara primorosamente sua parte em uma orquestra, voltava para casa e descobria que a mulher e a filha haviam saído para fazer visitas, ou que recebiam uma visita, e que seu filho fora à escola, fizera o dever de casa com o tutor e certamente estava aprendendo o que é ensinado nas escolas secundárias. Tudo estava como deveria ser.

Após o almoço, quando não recebiam visitas, Ivan Ilitch às vezes lia um livro muito comentado na época e, mais tarde, aproveitava para trabalhar, isto é, para ler documentos oficiais, comparar depoimentos de testemunhas e fazer anotações acerca dos parágrafos do Código que lhes eram aplicáveis. Aquilo, para ele, não era nem enfadonho, nem divertido. Era enfadonho apenas se pudesse estar jogando *whist*, mas se não houvesse jogo marcado, era de qualquer forma melhor do que não fazer nada ou ficar sentado na companhia da esposa. O principal prazer de Ivan Ilitch era oferecer pequenos jantares para os quais convidava homens e mulheres de boa posição social, e assim como sua sala de estar se assemelhava a todas as outras salas de estar, suas agradáveis reuniões também se assemelhavam a todas as outras reuniões daquele tipo.

Certa vez, até promoveram um baile. Ivan Ilitch gostou e tudo correu bem, exceto que isso levou a uma briga violenta com sua esposa por causa dos bolos e doces. Praskóvia Fiódorovna fizera seus próprios planos, mas Ivan Ilitch insistiu em comprar tudo de um confeiteiro caro e encomendou bolos demais, e a briga ocorreu porque sobraram alguns desses bolos, e a conta do confeiteiro chegou a quarenta e cinco rublos. Foi uma briga longa e desagradável. Praskóvia Fiódorovna o chamou de "tolo e imbecil", e ele levou as mãos à cabeça, fazendo alusões furiosas ao divórcio. Mas o baile em si foi proveitoso. As pessoas mais importantes estavam lá, e Ivan Ilitch dançou com a princesa Trufonova, irmã do ilustre fundador da Sociedade "Ajude-me com meu fardo".

Os prazeres que encontrava no trabalho eram os prazeres de ambição; seus prazeres sociais eram os da vaidade; mas o maior prazer de Ivan Ilitch era jogar *whist*. Ele reconhecia que, qualquer que fosse o incidente indigesto que acontecesse em sua vida, o prazer que brilhava como um raio de luz acima de tudo era sentar-se para jogar *whist* com bons jogadores, e não com parceiros barulhentos, e, claro, jogar *whist* a quatro mãos (com cinco jogadores é enfadonho, pois um tem que ficar de fora, mesmo que finja não se importar), jogar uma partida inteligente e séria (quando as cartas permitiam) e depois jantar e tomar uma taça de vinho. Depois de uma partida de *whist*, especialmente quando ganhava um pouco (ganhar uma grande quantia era desagradável), Ivan Ilitch ia deitar-se com o melhor humor possível.

E assim viviam. Formaram em torno de si o melhor círculo social possível, e eram visitados por pessoas importantes e por jovens. Na maneira como viam seu círculo de amizades, marido, mulher e filha estavam plenamente de acordo, e tácita e unanimemente mantiveram-se à distância e afastaram-se dos vários amigos e parentes menos abonados que, com demonstrações exageradas de afeto, invadiam a sala de estar adornada com pratos japoneses nas paredes. Logo, esses pobres-diabos deixaram de visitá-los, e apenas a nata da sociedade permaneceu no círculo dos Golovin. Os jovens cortejavam Lízanka, e Petríschev, juiz de instrução, filho e único herdeiro da fortuna de Dmítri Ivánovitch Petríschev, começou a dedicar-lhe tanta atenção que Ivan Ilitch chegou a conversar com Praskóvia Fiódorovna sobre a conveniência de organizar uma recepção para eles, ou uma apresentação de teatro privada com o mesmo fim.

Assim viviam, tudo corria bem, sem mudanças, fluindo agradavelmente.

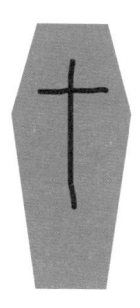

04

Todos gozavam de boa saúde. Não se poderia chamar de doença se Ivan Ilitch às vezes dissesse que sentia um gosto estranho na boca e algum desconforto no lado esquerdo. Mas ocorreu que esse desconforto aumentou e, embora não fosse exatamente doloroso, transformou-se em uma sensação de pressão na lateral do corpo, provocando contínuo mau humor. E sua irritabilidade tornou-se cada vez pior e começou a prejudicar a vida agradável, leve e decorosa que se estabelecera na família Golovin. As brigas entre marido e mulher passaram a ser cada vez mais frequentes, e logo a leveza e a agradabilidade desapareceram, e até o decoro mal se mantinha. As cenas tornaram-se novamente frequentes, e restaram muito poucas daquelas ilhotas onde marido e mulher podiam se encontrar sem explosões. Praskóvia Fiódorovna encontrava agora bons motivos para dizer que o temperamento do marido era difícil. Com seu exagero característico, dizia que ele sempre tivera um espírito terrível, e que lhe fora necessário reunir toda a sua benevolência para suportar aquilo por vinte anos. É bem verdade que agora as brigas eram iniciadas por ele. Suas explosões de raiva sempre aconteciam pouco antes do jantar, muitas vezes no momento em que começava a tomar a sopa. Às vezes notava que um prato ou travessa estava lascado, ou a comida não estava a seu gosto, ou o filho colocava o cotovelo sobre a mesa, ou o cabelo da filha não estava penteado como ele gostava, e por tudo isso culpava Praskóvia Fiódorovna. A princípio ela retrucava, dizendo-lhe coisas desagradáveis, mas por uma ou duas vezes ele ficou tão furioso no início do jantar que ela percebeu tratar-se de algum distúrbio físico provocado pela ingestão de comida, e se conteve e não respondeu, apenas apressou-se em terminar a refeição. Ela considerava tal resignação altamente louvável. Tendo chegado à conclusão de que seu marido tinha um temperamento terrível e tornava sua vida miserável, começou a sentir pena de si mesma, e quanto mais tinha pena de si mesma, mais odiava o marido.

Começou a desejar que ele morresse; no entanto, não podia nutrir tal desejo, porque então seu provento cessaria. E isso a deixava ainda mais irritada com ele. Ela se considerava terrivelmente infeliz só porque nem mesmo a morte dele poderia salvá-la, e embora escondesse sua exasperação, esse comportamento também aumentava a irritação dele.

Após uma briga em que Ivan Ilitch foi particularmente injusto, e depois da qual, como justificativa, ele disse que certamente estava irritado, mas que isso se devia ao fato de não se sentir bem, ela aconselhou que, se estava doente, deveria tratar-se e insistiu para que ele se consultasse com um médico famoso.

E Ivan Ilitch foi. Tudo transcorreu como ele esperava e como sempre acontece. Houve a espera habitual e o ar importante assumido pelo médico, com o qual ele mesmo estava tão familiarizado (semelhante ao que o próprio assumia no tribunal), as batidinhas, a auscultação e as perguntas que exigiam respostas determinadas de antemão e evidentemente desnecessárias, e o olhar típico que implicava que "se você se colocar sob nossos cuidados, cuidaremos de tudo — sabemos indubitavelmente como se resolvem esses casos, sempre da mesma forma para qualquer paciente". Tudo exatamente como acontecia nos tribunais. O médico assumiu em relação a ele o mesmo ar que ele próprio demonstrava em relação a um acusado.

O médico dizia: isso e aquilo indicam que o senhor tem isso ou aquilo, mas se esse ou aquele exame não o confirmar, então devo assumir que o senhor tem isso e aquilo. Se presumirmos isso e aquilo, então... e assim por diante.

Para Ivan Ilitch apenas uma questão importava: seu caso era grave ou não? Mas o médico ignorou a pergunta inadequada. Do seu ponto de vista não era o que estava em avaliação ali, a verdadeira questão era decidir entre rim flutuante, catarro crônico ou apendicite. De forma brilhante, como pareceu a Ivan Ilitch, o médico decidiu-se a favor do apêndice, com a ressalva de que se um exame de urina apontasse novas indicações, o assunto seria reconsiderado. Tudo isso era exatamente o que o próprio Ivan Ilitch fizera brilhantemente mil vezes ao lidar com homens sob julgamento. O médico resumiu de forma igualmente brilhante, olhando triunfante e até alegremente para o acusado por cima dos óculos. A partir do prognóstico médico, Ivan Ilitch concluiu que as coisas iam mal, mas que para o médico, e talvez para todos os outros, isso era indiferente, embora para ele fosse ruim. E esta conclusão atingiu-o dolorosamente, despertando-lhe um grande sentimento de pena de si mesmo e de amargura pela indiferença do médico para com um assunto de tamanha importância.

Ele não mencionou nada a respeito, apenas levantou-se, colocou os honorários do doutor sobre a mesa e comentou com um suspiro:

— Nós, doentes, provavelmente fazemos perguntas inadequadas. Mas diga-me, em geral, essa doença é perigosa ou não...?

Com ar severo, o médico olhou-o por cima dos óculos, como se dissesse: "Prisioneiro, se não se restringir às perguntas que lhe foram dirigidas, serei obrigado a retirá-lo do tribunal."

— Já lhe disse o que considero necessário e adequado nesse momento. Os exames podem mostrar algo mais. — E o médico cumprimentou-o.

Ivan Ilitch saiu devagar, sentou-se tristonho no trenó e voltou para casa. Durante todo o caminho, repassou o que o médico dissera, tentando traduzir aquelas frases complicadas, obscuras e científicas para uma linguagem simples e encontrar nelas uma resposta para a pergunta: "Meu estado é grave? É muito grave? Ou não há nada para se preocupar?" E pareceu-lhe que o significado do que o doutor dissera era o de que seu estado era muito grave. Tudo nas ruas parecia triste. Os cocheiros, as casas, os transeuntes e as lojas eram tristes. Sua dor, surda e persistente que nunca cessava nem por um momento, parecia ter adquirido um significado novo e mais sério depois das observações duvidosas do médico. Ivan Ilitch entendia-a agora com um sentimento novo e opressivo.

Ao chegar em casa, começou a contar à sua esposa sobre a consulta. Ela ouviu, mas no meio do relato a filha entrou, de chapéu, pronta para sair com a mãe. Ela sentou-se com relutância para ouvir aquela história tediosa, mas não aguentou por muito tempo, e sua mãe também não o ouviu até o fim.

— Bem, fico muito feliz — disse ela. — Agora lembre-se de tomar seu remédio regularmente. Dê-me a receita e mandarei Guerássim à farmácia. — E foi se preparar para sair.

Enquanto ela estava na sala, Ivan Ilitch mal teve tempo de respirar, mas suspirou profundamente quando a mulher saiu.

— Bem — ele disse —, talvez não seja tão ruim, afinal.

Ele começou a tomar os remédios e a seguir as orientações médicas, que foram alteradas após o resultado do exame de urina. Mas então aconteceu que houve uma divergência entre o resultado do exame de urina e os sintomas que se manifestavam. O que estava acontecendo era diferente do que o médico lhe dissera e, ou ele havia esquecido, ou cometido um erro, ou ainda escondido algo dele. Contudo, ele não podia ser culpado por isso, e Ivan Ilitch continuou obedecendo implicitamente às suas prescrições e, a princípio, obteve algum conforto ao fazê-lo.

Desde o momento da sua visita ao médico, a principal ocupação de Ivan Ilitch foi o cumprimento preciso das instruções relativas à higiene, à ingestão dos medicamentos, e à observação da dor e das suas excreções. Seu principal interesse passou a ser as doenças e a saúde das pessoas. Quando doenças, mortes ou restabelecimentos eram mencionados em sua presença, especialmente quando a doença se assemelhava à sua, ouvia com agitação que tentava esconder, fazia perguntas e aplicava o que ouvia ao próprio caso.

A dor não diminuía, mas Ivan Ilitch esforçava-se para convencer a si mesmo de que estava melhorando. E ele até conseguia enganar-se, desde que nada o perturbasse. Mas assim que tinha algum desentendimento com a esposa, qualquer insucesso no trabalho, ou cartas ruins no *whist*, ficava imediatamente consciente de sua enfermidade. Em outros tempos, ele suportaria tais infortúnios, na expectativa de logo ajustar o que estava errado, dominá-lo e alcançar o sucesso, ou fazer um *grand slam*[13]. Mas agora, cada

---

13   Jogada perfeita, em que a dupla vence todas as 13 vazas da rodada.

infortúnio o perturbava e o mergulhava no desespero. Dizia para si mesmo: "Logo agora, quando estava começando a melhorar e o remédio começou a fazer efeito, vem esse maldito infortúnio, ou aborrecimento..." E ele ficava furioso com o revés, ou com aqueles que o haviam causado, matando-o, pois sentia que aquela fúria o estava matando, mas não conseguia contê-la. Era de imaginar, e deveria ter ficado claro para ele, que aquela exasperação com as circunstâncias e as pessoas agravava sua doença, e que deveria, portanto, ignorar ocorrências inconvenientes. Mas ele chegou à conclusão oposta: dizia que precisava de paz e vigiava tudo que pudesse perturbá-la, tornando-se irritadiço à menor violação dela. Sua condição piorou pelo fato de ler livros de medicina e consultar médicos. A evolução da sua doença foi tão gradual que ele poderia se enganar ao comparar um dia com outro — a diferença era muito pequena. Mas quando consultava os médicos, parecia-lhe que estava piorando, e até muito depressa. No entanto, apesar disso, continuava a consultá-los regularmente.

Naquele mês ele visitou outra celebridade, que lhe disse quase o mesmo que a primeira, mas colocou suas perguntas de forma bem diferente, e a consulta só serviu para aumentar as dúvidas e os medos de Ivan Ilitch. Um amigo de um amigo, um médico muito bom, diagnosticou novamente sua doença de maneira bem diferente dos outros e, embora previsse recuperação, suas perguntas e suposições confundiram ainda mais Ivan Ilitch e aumentaram suas dúvidas. Um homeopata diagnosticou a doença de outra forma e receitou remédios que o paciente tomou secretamente durante uma semana. Mas depois desse período, sem sentir qualquer melhora e tendo perdido a confiança tanto no tratamento do antigo médico como neste, ficou ainda mais desanimado. Certo dia, uma senhora conhecida mencionou uma cura efetuada por um ícone milagroso. Ivan Ilitch surpreendeu-se ouvindo atentamente e começando a acreditar na veracidade do fato; o incidente o alarmou: "Minha mente realmente enfraqueceu a tal ponto?", indagou-se. "Bobagem! É tudo besteira. Não devo ceder a superstições, mas tendo escolhido um médico, devo seguir rigorosamente seu tratamento. É o que farei. Agora basta! Não vou mais pensar nisso, seguirei o tratamento com seriedade até o verão, e então veremos. A partir de agora não haverá mais hesitações!" Isso era fácil de dizer, mas impossível de cumprir. A dor na lateral do corpo o oprimia e parecia piorar, tornando-se constante, enquanto o gosto em sua boca ficava cada vez mais estranho. Pareceu-lhe que seu hálito tinha um cheiro repugnante, também notava a perda de apetite e de forças. Não havia como se enganar: algo terrível, novo e mais importante do que qualquer coisa antes em sua vida estava acontecendo dentro dele. E só ele tinha consciência disso, aqueles ao seu redor não entendiam ou não queriam entender, e pensavam que tudo no mundo transcorria normalmente. Aquilo atormentava Ivan Ilitch mais do que qualquer coisa. Ele percebia que sua família, especialmente sua esposa e filha, envolvidas em um turbilhão de visitas, estavam alheias a tudo e ficavam irritadas por ele estar tão deprimido e exigente, como se fosse ele o culpado por tudo aquilo. Embora tentassem disfarçar, ele percebia que era um obstáculo no caminho delas, e que sua esposa adotara uma postura definida em relação à sua doença e a mantinha independentemente de qualquer coisa que ele dissesse ou fizesse. A atitude dela era a seguinte:

— Sabem — dizia ela aos amigos —, Ivan Ilitch não pode fazer como as outras pessoas fazem e seguir o tratamento prescrito para ele. Um dia toma as gotas, segue rigorosamente a dieta e recolhe-se na hora certa, mas no dia seguinte, a menos que eu o observe, de repente esquece-se de tomar o remédio, come esturjão, o que lhe foi proibido, e fica sentado jogando cartas até uma hora da manhã.

— Ah, vamos lá, quando fiz isso? — perguntava Ivan Ilitch, irritado. — Apenas uma vez, na casa de Piotr Ivánovitch.

— E ontem com Chebek.

— Mesmo que não tivesse ficado acordado, a dor não me deixaria dormir.

— Seja como for, nunca ficará bom assim, e continuará nos atormentando.

A atitude de Praskóvia Fiódorovna em relação à doença de

Ivan Ilitch, tal como a expressou tanto aos outros como a ele mesmo, era a de que a culpa era dele, e que era mais um dos aborrecimentos que ele lhe infligia.

Ivan Ilitch sentiu que essa opinião lhe escapava involuntariamente, mas isso não tornava as coisas mais fáceis.

Também no tribunal, Ivan Ilitch notava, ou julgava notar, uma atitude estranha em relação a ele. Às vezes parecia-lhe que as pessoas o observavam com curiosidade, como se ele fosse alguém prestes a deixar seu lugar vago. Em outros momentos, seus amigos começavam a zombar dele de maneira amigável, por causa de suas preocupações, como se a coisa horrível, apavorante e inédita que estava acontecendo dentro dele, corroendo-o incessantemente e atraindo-o irresistivelmente para longe, fosse um assunto muito afeito à zombaria. Chvarts, em particular, irritava-o por sua jocosidade, vivacidade e *savoir-faire*[14], que o lembravam dele próprio há dez anos.

Amigos vinham jogar uma partida, distribuíam e dobravam as cartas novas para amaciá-las, iam mostrando ouro atrás de ouro, sete deles. Seu parceiro disse "Sem trunfos" e o apoiou com dois ouros. O que mais poderia querer? Deveria estar alegre e animado. Eles fariam um *grand slam*. Mas, de repente, Ivan Ilitch sentiu aquela dor torturante, aquele gosto na boca, e pareceu-lhe ridículo que, em tais circunstâncias, pudesse alegrar-se em fazer um *grand slam*.

Ele olhou para seu parceiro Mikhail Mikháilovitch, que bateu na mesa com sua mão forte e, em vez de pegar a vaza, empurrou as cartas com cortesia e indulgência para que Ivan Ilitch tivesse o prazer de recolhê-las sem o trabalho de estender muito o braço. "Por acaso ele pensa que estou fraco demais para esticar o braço?", pensou Ivan Ilitch, e esquecendo os trunfos, atrapalhou-se e perdeu o *grand slam* por três vazas. E o mais terrível de tudo era notar como Mikhail Mikháilovitch chateou-se com aquilo, sem que ele mesmo se importasse. E era mais terrível ainda pensar na

---

14 "Desenvoltura, facilidade no trato", em francês no original.

razão pela qual não se importava.

Todos viram que ele sofria e disseram: "Podemos parar se estiver cansado. Descanse." Descansar? Não, ele não estava nem um pouco cansado e terminou a partida. Todos estavam sombrios e silenciosos. Ivan Ilitch sentiu que disseminara aquela tristeza entre eles e não conseguia dissipá-la. Jantaram e foram embora, e Ivan Ilitch ficou sozinho com a consciência de que sua vida estava envenenada e que envenenava a vida de outras pessoas, e que esse veneno não enfraquecia, mas, ao contrário, penetrava cada vez mais profundamente em todo o seu ser.

Com tal consciência, dor física, além do terror, tinha que ir para a cama e, frequentemente, permanecer acordado a maior parte da noite. Na manhã seguinte, tinha que se levantar novamente, vestir-se, ir ao tribunal, falar e escrever; ou, se não saísse, passar em casa aquelas vinte e quatro horas do dia, cada uma delas um verdadeiro tormento. E tinha que viver assim, sozinho à beira de um abismo, sem que ninguém o compreendesse ou se compadecesse de sua situação.

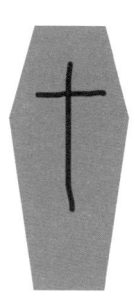

05

Assim passou um mês, e depois outro. Pouco antes do Ano Novo, seu cunhado veio à cidade e ficou hospedado em sua casa. Ivan Ilitch estava no tribunal, e Praskóvia Fiódorovna fora às compras. Quando Ivan Ilitch chegou em casa e entrou em seu escritório, encontrou lá o cunhado — um homem saudável e corado — desfazendo ele mesmo sua mala. Ele ergueu a cabeça ao ouvir os passos de Ivan Ilitch e o olhou por um momento sem dizer uma palavra. Aquele olhar disse tudo a Ivan Ilitch. Seu cunhado abriu a boca para soltar uma exclamação de surpresa, mas se conteve, e a atitude confirmou tudo.

— Estou mudado, não é?

— Sim, um pouco.

E depois disso, por mais que tentasse fazer com que o cunhado retomasse o assunto de sua aparência, este se esquivava. Praskóvia Fiódorovna voltou para casa, e seu irmão foi ao seu encontro. Ivan Ilitch trancou a porta e começou a se examinar no espelho, primeiro de frente, depois de perfil. Pegou um retrato seu tirado com a esposa e comparou-o com o que via no espelho; a mudança era enorme. Depois descobriu os braços até os cotovelos, olhou para eles, baixou novamente as mangas, sentou-se numa poltrona e ficou mais sombrio que a noite.

"Não, não, assim não é possível!", disse para si mesmo, e deu um pulo, foi até a mesa, pegou alguns processos e começou a lê-los, mas não conseguiu concentrar-se. Então, destrancou a porta e foi até a sala. A porta que dava para a sala estava fechada. Ele se aproximou na ponta dos pés e ouviu.

— Não, você está exagerando! — dizia Praskóvia Fiódorovna.

— Exagerando? Não está vendo? Ele é um homem morto! Olhe para seus olhos, não há vida neles. Mas o que há de errado com ele?

— Ninguém sabe. Nikoláiev — que era outro médico — disse alguma coisa, mas não sei o quê. E Leschetítski — era o célebre especialista — disse exatamente o contrário...

Ivan Ilitch afastou-se, foi para seu quarto, deitou-se e começou a pensar: "O rim, o rim flutuante." Ele relembrou de tudo o que os médicos lhe haviam dito sobre como o rim se desprendia e começava a se deslocar. E com a força da imaginação tentava agarrar aquele rim, prendê-lo e sustentá-lo. Parecia-lhe que era necessário tão pouco para obter êxito. "Não, vou ver Piotr Ivánovitch novamente." (Esse era o amigo cujo amigo era médico.) Ele tocou a campainha, pediu para prepararem a carruagem e se aprontou para sair.

— Aonde está indo, Jean[15]? — perguntou a esposa com um olhar triste e excepcionalmente gentil.

Aquele olhar com rara gentileza o irritou. Ele a olhou com ar sombrio.

— Preciso falar com Piotr Ivánovitch.

Ele foi ver Piotr Ivánovitch, e juntos foram ver seu amigo, o médico. Lá o encontraram, e Ivan Ilitch teve com ele uma longa conversa.

Revendo os detalhes anatômicos e fisiológicos do que, na opinião do médico, acontecia dentro dele, o doutor entendeu tudo.

Havia algo, uma coisa pequena, no apêndice vermiforme. Tudo poderia ser resolvido. Estimularia a energia de um órgão e atenuaria a atividade de outro, então ocorreria a absorção e tudo daria certo.

Ele chegou em casa um pouco tarde para o jantar, jantou e conversou alegremente, mas por muito tempo não conseguiu voltar a trabalhar. Por fim, porém, foi para o escritório e fez o que era necessário, mas a consciência de que havia deixado algo de lado, um assunto importante e íntimo ao qual voltaria quando seu trabalho terminasse, nunca o abandonou. Ao terminar seus afazeres, lembrou-se de que aquele assunto íntimo era o pensamento sobre seu

---

15   Versão francesa do nome Ivan. Na Rússia do século XIX, devido à influência da França na cultura aristocrata local, era comum que familiares nobres ou abastados se tratassem assim. A forma "Jean" aparece outras vezes ao longo da obra, sempre partindo da esposa.

apêndice vermiforme. Mas não se entregou a ele, e foi tomar chá na sala. Ali, havia visitas, inclusive o juiz de instrução, pretendente desejável para sua filha, e eles conversavam, tocavam piano e cantavam. Ivan Ilitch, como observou Praskóvia Fiódorovna, passou aquela noite mais alegre do que de costume, mas nunca se esqueceu, nem por um momento, de que adiara a importante questão sobre o apêndice. Às onze horas, despediu-se e foi para seu quarto. Desde o início de sua doença, ele dormia sozinho num pequeno quarto ao lado do escritório. Despiu-se e pegou um romance de Zola[16], mas, em vez de lê-lo, entregou-se aos próprios pensamentos, e em sua imaginação ocorreu aquela desejada melhora no apêndice vermiforme. Ocorria a absorção, a evacuação e o restabelecimento da atividade normal. "Sim, é isso!", disse para si mesmo. "Basta ajudar a natureza, só isso." Lembrou-se do remédio, levantou-se, tomou-o e deitou-se de costas, observando a ação benéfica do medicamento, e como diminuía a dor. "Só preciso tomá-lo regularmente e evitar influências prejudiciais. Já estou me sentindo melhor, muito melhor." Ele começou a tocar o flanco: não era doloroso tocar. "Pronto, não estou mesmo sentindo nada. Já está bem melhor." Ele apagou a vela e virou de lado... "O apêndice está melhorando, a absorção está ocorrendo." De repente, sentiu a dor antiga, familiar, monótona e corrosiva, teimosa e séria. Havia o mesmo gosto repugnante em sua boca. Angustiou-se seu coração, e ele se sentiu atordoado. "Meu Deus! Meu Deus!", murmurou. "De novo, de novo! Isso nunca cessará." E de repente o assunto se apresentou sob um aspecto bem diferente. "Apêndice vermiforme! Rim!", disse para si mesmo. "Não é uma questão de apêndice ou rim, mas de vida e... morte. Sim, antes havia vida, e agora ela está indo embora, e não posso detê-la. Sim. Por que me enganar? É óbvio para todos, menos para mim, que estou morrendo e que é apenas uma questão de semanas, dias... aliás pode acontecer agora mesmo. Havia luz, e agora somente escuridão. Antes estava aqui,

---

16   Émile Zola (1840-1902) foi um escritor, jornalista e crítico literário francês, considerado um dos principais expoentes do naturalismo na literatura.

e agora vou para lá! Onde?" Um calafrio tomou conta dele, sua respiração cessou e ele apenas ouvia as batidas do coração. "Quando eu não existir mais, o que haverá? Não haverá nada. Então, onde estarei quando não existir mais? Será mesmo a morte? Não, eu não quero!" Ele deu um pulo e tentou acender a vela, tateou-a com as mãos trêmulas, derrubou-a no chão com o castiçal e novamente tombou de costas sobre o travesseiro. "De que adianta? Não faz diferença", disse para si mesmo, fitando a escuridão com olhos arregalados. "Morte. Sim, morte. E nenhum deles sabe ou quer saber disso, e não sentem pena de mim. Agora mesmo estão tocando." (Ele ouvia através da porta o som distante de música e seu acompanhamento.) "Para eles, tanto faz, mas também morrerão um dia! Tolos! Eu primeiro, e eles depois, mas todos terão o mesmo fim. E agora estão alegres... animais!"

A raiva o sufocava e sentiu-se agonizante e insuportavelmente infeliz. "É impossível que todos os homens sejam condenados a sofrer tamanho horror!" Ele se levantou.

"Algo deve estar errado. Preciso me acalmar, preciso repensar tudo desde o início." E novamente pôs-se a pensar. "Sim, o início da minha doença: bati o flanco, mas ainda estava muito bem naquele dia e no seguinte. Doeu um pouco, depois um pouco mais. Consultei os médicos, depois senti desânimo e angústia, mais médicos, e me aproximei do abismo. Minhas forças diminuíram e fui chegando cada vez mais perto do abismo, e agora estou definhando e não há mais luz em meus olhos. Penso no apêndice — mas isto é a morte! Penso em curar o apêndice, e o tempo todo aqui está a morte! Pode realmente ser a morte?" Novamente o terror se apoderou dele. Ofegante, abaixou-se e começou a procurar os fósforos, apoiando o cotovelo sobre a mesa de cabeceira. Ela o atrapalhava e machucava, ele irritou-se com aquilo, apoiou com mais força e derrubou-a. Sufocado e desesperado, caiu de costas, esperando morrer naquele instante.

Enquanto isso, os convidados estavam saindo. Praskóvia Fiódorovna despedia-se deles. Ela ouviu algo cair e entrou.

— O que houve?

— Nada. Derrubei a mesa acidentalmente.

Ela saiu e retornou com uma vela. Ele permaneceu ali, ofegante, como um homem que correra uma versta[17]. Fitou-a com um olhar fixo.

— O que foi, Jean?

— Não... oh... nada. Derrubei... a mesa. "De que adianta falar sobre isso? Ela não entenderia", pensou ele. E ela realmente não entendeu. Pegou o castiçal, acendeu a vela e saiu apressada para despedir-se de outro convidado. Quando voltou, ele ainda estava deitado, olhando para o teto.

— O que foi? Piorou?

— Sim.

Ela balançou a cabeça e sentou-se.

— Sabe, Jean, acho que devemos pedir a Leschetítski que venha vê-lo aqui em casa.

Isso significaria ligar para o famoso especialista, sem poupar despesas. Ele sorriu maliciosamente e disse:

— Não.

Ela permaneceu ali mais um pouco e, então, aproximou-se e beijou-o na testa.

Enquanto o beijava, ele a odiou com todas as suas forças, e com dificuldade se absteve de empurrá-la.

— Boa noite. Queira Deus que consiga dormir.

— Sim.

---

17 Antiga unidade de medida de comprimento utilizada na Rússia antes da adoção do sistema métrico. Equivale a 1,0668 km.

06

Ivan Ilitch viu que estava morrendo, e isso o deixava em constante desespero. No fundo do seu coração ele sabia que estava morrendo, mas não só não se acostumava com tal ideia, como não a compreendia, simplesmente não compreendia.

O silogismo que aprendera na Lógica de Kiesewetter: "Caio é um homem, os homens são mortais, logo, Caio é mortal"[18], sempre lhe pareceu correto quando aplicado a Caio, mas certamente não quando aplicado a si mesmo. Que Caio, o homem abstrato, fosse mortal, estava perfeitamente correto, mas ele não era Caio, não era um homem abstrato, mas uma criatura completa e absolutamente singular em relação às demais. Ele fora o pequeno Vânia[19], com sua mamãe e seu papai, com Mítia e Volódia, com os brinquedos, o cocheiro e a ama, depois com Kátienka e todas as alegrias, tristezas e delícias da infância, da adolescência e da juventude. O que Caio sabia do cheiro daquela bola de couro listrada de que Vânia tanto gostava? Teria Caio beijado do mesmo jeito a mão da mãe, e será que a seda de seu vestido farfalhara tanto para Caio? Será que fora ele quem se revoltara na escola quando o pãozinho recheado estava ruim? Será que Caio se apaixonara do mesmo jeito? Caio teria presidido uma sessão como ele? "Caio era realmente mortal, e era certo que morresse; mas para mim, pequeno Vânia, Ivan Ilitch, com todos os meus pensamentos e emoções, é uma questão completamente diferente. Não pode ser que deva morrer. Isso seria terrível demais."

Tal era a maneira como se sentia.

---

18 Citação ao filósofo alemão Karl Gottlob Kiesewetter (1766-1819), discípulo de Kant.

19 Diminutivo de Ivan.

"Se eu tivesse que morrer como Caio, haveria de sabê-lo. Uma voz interior teria me dito, mas não havia nada disso em mim: tanto eu como todos os meus amigos sentíamos que nosso caso era bem diferente do de Caio. E agora isso!", disse para si mesmo. "Não pode ser. É impossível! Mas eis que aconteceu. Como pode ser? Como compreender tudo isso?"

Ele não conseguia entender, e tentava afastar aquele pensamento falso, incorreto e mórbido, e substituí-lo por outros pensamentos mais adequados e saudáveis. Mas aquele pensamento, e não apenas o pensamento, mas a própria realidade, parecia surgir e confrontá-lo.

E para substituir aquele pensamento, convocava outros tantos, na esperança de neles encontrar algum apoio. Tentava retornar à antiga sequência de pensamentos que outrora ocultara dele a ideia da morte. Mas era estranho como tudo o que anteriormente afastara, escondera e destruíra a consciência da morte, já não surtia mais efeito. Ivan Ilitch passava agora a maior parte do tempo tentando restabelecer aquela antiga sequência de devaneios. Dizia para si mesmo: "Vou retomar meus deveres — afinal, vivia para eles." E, banindo todas as dúvidas, encaminhava-se ao tribunal, conversava com os colegas e sentava-se distraidamente como era seu costume, examinando a multidão com olhar pensativo e apoiando ambas as mãos emaciadas nos braços da cadeira de carvalho; inclinava-se como de costume para um colega e aproximava seus papéis, trocando sussurros, e então, de repente, erguia os olhos e sentava-se ereto, pronunciava as palavras de praxe e iniciava a sessão. Mas então, no meio desse processo, a dor lateral, independentemente do estágio em que a sessão se encontrava, iniciava sua própria sessão de tortura. Ivan Ilitch concentrava-se e tentava afastá-la, mas sem sucesso. Ela vinha e se colocava diante dele e o encarava, ele ficava petrificado, e a luz desaparecia de seus olhos, e novamente começava a se perguntar se somente *Ela* era real. Seus colegas e subordinados viam, com surpresa e angústia que, o juiz outrora brilhante e sutil, agora confundia-se com frequência e cometia erros. Ele recobrava o ânimo, tentava se recompor, conseguia de alguma forma conduzir a sessão até o fim e retornava para casa com a triste consciência de que sua atuação no tribunal não poderia, como antigamente, ocultar-lhe o que ele tanto ansiava que ocultasse, e nem poderia libertá-lo *Dela*. E o pior de tudo é que *Ela* chamava sua atenção para si mesma não para provocar-lhe alguma reação, mas apenas para que olhasse para *Ela*, olhasse diretamente em seus olhos: olhasse para *Ela* e, sem nada fazer, sofresse indizivelmente.

E para escapar daquela condição, Ivan Ilitch procurava outros consolos, outros biombos que pareciam resguardá-lo por algum tempo, mas, então, novamente se despedaçaram, ou melhor, tornaram-se transparentes, como se *Ela* os penetrasse e nada pudesse detê-la.

Naqueles últimos dias, entrava na sala que ele mesmo decorara, a mesma onde sofrera a queda e pela qual (como lhe parecia amargamente ridículo pensar) sacrificara a vida, pois sabia que sua doença se originara com aquela batida. Ele entrava e via que algum objeto arranhara a mesa polida. Procurava a causa e a encontrava no ornamento de bronze de um álbum que havia sido dobrado. Ele pegava o álbum, caro, que ele mesmo havia organizado com carinho, e ficava irritado com a filha e seus amigos pela desordem — pois o álbum estava rasgado aqui e ali, e algumas das fotos viradas de cabeça para baixo. Cuidadosamente, colocava tudo em ordem e endireitava o ornamento. Então lhe ocorria dar outro arranjo à sala, colocando os álbuns em outro canto, ladeando as plantas. Ele chamava o criado, mas a filha ou esposa se antecipavam em auxiliá-lo. Não concordavam, sua esposa o contradizia, discutiam, e ele ficava furioso. Mas estava tudo bem, pois assim não pensava *Nela*. *Ela* tornava-se invisível.

Mas então, enquanto ele mudava as coisas de lugar, sua esposa disse: "Deixe os criados fazerem isso. Vai se machucar novamente." E de repente *Ela* surgiu por trás do biombo, e ele pôde vê-la. Foi apenas um flash, e ele esperava que desaparecesse, mas involuntariamente concentrou sua atenção no flanco. "Continua do mesmo jeito, doendo do mesmo jeito!" Ele não conseguia mais se esquecer da dor, que o espiava claramente por detrás das flores. "Para que tudo isso?"

"É fato! Perdi minha vida por causa daquela cortina, como poderia ter acontecido ao invadir um forte. Isso é possível? Que terrível e estúpido. Não pode ser verdade! Não pode, mas é."

Foi até seu escritório, deitou-se e novamente ficou sozinho com *Ela*: cara a cara. E não havia o que fazer a respeito, exceto olhar para *Ela* e estremecer.

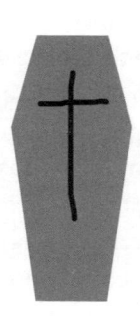

07

Como aconteceu é impossível dizer, porque foi pouco a pouco que, despercebidamente, no terceiro mês da doença de Ivan Ilitch, sua esposa, filha, filho, seus conhecidos, médicos, empregados e, sobretudo, ele próprio tomaram consciência de que o interesse que tinham por ele consistia apenas em saber se desocuparia o posto em breve, libertaria os vivos do desconforto causado por sua presença, e se libertaria ele próprio de seus sofrimentos. Ele dormia cada vez menos. Davam-lhe ópio e injeções de morfina, mas aquilo não o aliviava. O torpor que experimentava no estado de sonolência a princípio lhe conferia um pouco de alívio, como algo novo, mas depois tornou-se tão angustiante como a própria dor — ou até mais.

Alimentos especiais eram-lhe preparados por ordem dos médicos, mas todos aqueles alimentos tornaram-se cada vez mais desagradáveis e repugnantes ao seu paladar.

Para suas excreções também foram feitos arranjos especiais, e isso era sempre um tormento para ele — um tormento pela sujeira, pela inconveniência, pelo cheiro, e por saber que outra pessoa tinha que tomar parte naquilo.

Mas foi justamente através desse assunto tão desagradável que Ivan Ilitch obteve algum conforto. Guerássim, o jovem auxiliar de mordomo, sempre aparecia para cuidar de tudo. Guerássim era um camponês limpo e fresco, que engordara graças à comida da cidade e apresentava-se sempre alegre e perspicaz. A princípio, vê-lo em seu limpo traje de camponês russo — empenhado naquela tarefa repugnante — embaraçava Ivan Ilitch.

Certa vez, quando se levantou da bacia para erguer as calças, deixou-se cair numa poltrona macia e olhou com horror para as coxas nuas e debilitadas, com os músculos tão nitidamente marcados.

Guerássim, com passos firmes e ligeiros, botas pesadas exalando um cheiro agradável de alcatrão e ar fresco de inverno, entrou vestindo um avental de cânhamo limpo, as mangas da camisa estampada dobradas sobre os braços nus, jovens e fortes; e abstendo-se de olhar para seu patrão doente — por consideração aos seus sentimentos — e reprimindo a alegria de viver que irradiava de seu rosto, foi até o banheiro.

— Guerássim! — disse Ivan Ilitch com voz fraca.

Guerássim estremeceu, evidentemente com medo de ter cometido algum erro, e com um movimento rápido virou seu rosto jovem, fresco, gentil e simples, que apenas mostrava os primeiros sinais de barba.

— Sim, senhor?

— Isso deve ser muito desagradável para você. Deve me perdoar. Estou indefeso.

— Oh, senhor — os olhos de Guerássim brilharam, e ele mostrou seus dentes brancos e lustrosos —, por que deveria perdoá-lo? O senhor está doente.

Suas mãos hábeis e fortes cumpriram a tarefa habitual, e ele saiu do quarto com passos leves. Cinco minutos depois, retornou com a mesma leveza.

Ivan Ilitch continuava sentado na mesma posição na poltrona.

— Guerássim — disse ele quando este recolocou no lugar o utensílio recém-lavado —, por favor, venha até aqui e me ajude.

— Guerássim foi até ele. — Levante-me. É difícil para mim me levantar sozinho, e dispensei Dmítri.

Guerássim aproximou-se, agarrou-o com braços fortes, mas com a mesma destreza e delicadeza com que caminhava, levantou-o, segurou-o com uma mão e, com a outra, levantou-lhe as calças e o teria ajudado a se sentar novamente, mas Ivan Ilitch pediu para ser conduzido até o sofá. Guerássim, sem esforço ou pressão aparente, conduziu-o, quase levantando-o, até o sofá, e nele o acomodou.

— Esse é você. Faz tudo bem e com facilidade!

Guerássim sorriu novamente e se virou para sair. Mas Ivan Ilitch sentiu tal conforto em sua presença, que não quis deixá-lo ir.

— Mais uma coisa, por favor, traga aquela cadeira até aqui. Não, a outra. Coloque debaixo dos meus pés. Sinto-me melhor quando meus pés estão levantados.

Guerássim trouxe a cadeira, colocou-a suavemente no lugar e levantou as pernas de Ivan Ilitch sobre ela. Pareceu a Ivan Ilitch que se sentia melhor enquanto o jovem erguia suas pernas.

— É melhor quando minhas pernas estão mais altas — disse ele. — Coloque aquela almofada embaixo delas.

Guerássim fez isso. Novamente levantou as pernas e as acomodou, e novamente Ivan Ilitch se sentiu melhor enquanto o jovem segurava suas pernas. Quando as abaixou, Ivan Ilitch teve a impressão de que se sentia pior.

— Guerássim — disse ele —, está ocupado agora?

— De modo algum, senhor — disse Guerássim, que aprendera com as pessoas da cidade como se dirigir aos senhores.

— O que ainda precisa fazer?

— O que preciso fazer? Já fiz tudo, exceto cortar a lenha para amanhã.

— Então, poderia levantar minhas pernas um pouco mais alto?

— Claro que posso. Por que não? — E Guerássim ergueu mais alto as pernas de seu mestre, e Ivan Ilitch teve a impressão de que naquela posição não sentia dor alguma.

— E quanto à lenha?

— Não se preocupe, senhor. Há muito tempo para isso.

Ivan Ilitch disse a Guerássim que se sentasse e segurasse suas pernas, e pôs-se a conversar com ele. É estranho dizer que lhe pareceu que se sentia melhor enquanto Guerássim mantinha as pernas erguidas.

A partir de então, Ivan Ilitch às vezes chamava Guerássim e fazia com que apoiasse suas pernas sobre os ombros. E adorava conversar com ele. Guerássim fazia tudo com facilidade, boa vontade, simplicidade e uma bondade que comoviam Ivan Ilitch. A saúde, a força e a vitalidade das outras pessoas lhe eram ofensivas, mas a força e a vitalidade de Guerássim não o mortificavam, ao contrário, o acalmavam.

O que mais atormentava Ivan Ilitch era o engano, a mentira,

que por alguma razão todos pareciam aceitar, de que ele não estava morrendo, mas simplesmente doente, de que a única coisa de que precisava era repouso e tratamento adequado e, então, tudo ficaria bem. Ele, entretanto, sabia que fizessem o que fizessem, nada resultaria disso, apenas sofrimento e morte ainda mais agonizantes. Tal mentira o torturava, assim como o fato de não quererem admitir o que todos sabiam, que ele mesmo sabia, mas mentirem sobre sua terrível condição, e quererem forçá-lo a participar dessa mentira. A mentira — mentira decretada sobre ele às vésperas de sua morte e que haveria de rebaixar o ato terrível e solene de sua morte ao nível das visitas, das cortinas, do esturjão para o jantar — era uma terrível agonia para Ivan Ilitch. E, por mais estranho que parecesse, muitas vezes, quando faziam brincadeiras com ele, ficava a ponto de gritar: "Parem de mentir! Vocês sabem e eu sei que estou morrendo. Então pelo menos parem de mentir!" Mas ele nunca teve coragem de fazer isso. O terrível ato de sua morte era, como podia constatar, reduzido por aqueles ao seu redor ao nível de um incidente casual, desagradável e quase indecoroso (como se alguém entrasse em uma sala exalando um odor indesejável), e isso era feito em nome do mesmo decoro ao qual ele próprio servira durante toda a sua vida. Constatava que ninguém sentia nada por ele, porque ninguém nem mesmo queria compreender sua situação. Só Guerássim percebia e sentia pena dele. E por tudo isso, Ivan Ilitch só se sentia à vontade com ele. Sentia-se reconfortado quando Guerássim servia de apoio para suas pernas (às vezes a noite toda) e se recusava a ir para a cama, dizendo: "Não se preocupe, Ivan Ilitch. Dormirei o suficiente mais tarde", ou quando, de repente, tratando-o por "você", acrescentava: "Se você não estivesse doente, seria outra conversa, mas do jeito que está, por que eu deveria me incomodar em ajudar?" Guerássim era o único que não mentia; tudo indicava que só ele compreendia a realidade do caso e não considerava necessário disfarçá-la, mas simplesmente sentia pena de seu senhor emaciado e debilitado. Certa vez, quando do Ivan Ilitch o dispensou, ele até disse sem rodeios: "Todos nós morreremos, então por que eu deveria me ressentir de um pouco de sacrifício?", expressando o fato de que não considerava pesado seu trabalho, já que o fazia por um moribundo e esperava que alguém fizesse o mesmo por ele quando chegasse sua hora.

Além daquela mentira, ou por causa dela, o que mais atormentava Ivan Ilitch era que ninguém sentia pena dele como desejava que sentissem. Em certos momentos, depois de um sofrimento prolongado, desejava acima de tudo (embora tivesse vergonha de confessá-lo) que tivessem pena dele como se de uma criança doente. Ele ansiava por ser acariciado e confortado. Ele sabia que era um funcionário importante, que tinha uma barba grisalha e que, portanto, o que desejava era impossível, mas ainda assim, ansiava por aquilo. E na atitude de Guerássim para com ele havia algo semelhante ao que tanto ansiava, e tal atitude o reconfortava. Ivan Ilitch queria chorar, queria ser acariciado e consolado, mas então seu colega Chebek aparecia, e em vez de chorar e ser consolado, Ivan Ilitch assumia um ar sério, severo e profundo, e pela força do hábito expressava sua opinião sobre uma decisão do Tribunal de Cassação e insistia nela teimosamente. Essa falsidade ao seu redor e dentro de si mesmo foi o que mais o envenenou em seus últimos dias.

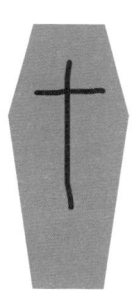

08

Era de manhã. Ele sabia que assim era porque Guerássim se retirou, e o criado Piotr entrou e apagou as velas, abrindo em seguida uma das cortinas e começando a arrumar tudo silenciosamente. Quer fosse manhã ou noite, sexta-feira ou domingo, não fazia diferença, era tudo a mesma coisa: a dor torturante, sem qualquer alívio, agonizante, que não cessava nem por um segundo, a consciência da vida se esvaindo inexoravelmente, mas ainda não extinta, a aproximação da sempre temida e odiosa Morte, que era o único fato incontornável e sempre a mesma falsidade. O que eram os dias, as semanas e as horas, nesse caso?

— Gostaria de um pouco de chá, senhor?

"Ele quer que as coisas transcorram normalmente, que os senhores tomem chá pela manhã", pensou Ivan Ilitch, e apenas disse:

— Não.

— Não gostaria de ir para o sofá, senhor?

"Ele quer arrumar o quarto e estou atrapalhando. Sou impureza e desordem", pensou ele, e disse apenas:

— Não, me deixe em paz.

O homem continuou agitado. Ivan Ilitch estendeu a mão. Piotr aproximou-se, pronto para ajudar.

— O que deseja, senhor?

— Meu relógio.

Piotr pegou o relógio, que estava à mão, e deu-o ao seu senhor.

— Oito e meia. Ainda não se levantaram?

— Não, senhor, exceto Vassíli Ivánovitch (o filho), que foi para o colégio. Praskóvia Fiódorovna ordenou que a acordasse caso o senhor perguntasse por ela. Devo fazer isso?

— Não, não há necessidade. "Talvez seja melhor tomar um chá", pensou, e acrescentou em voz alta:

— Traga-me um chá.

Piotr foi até a porta, mas Ivan Ilitch temia ficar sozinho. "Como posso mantê-lo aqui? Ah, sim, meu remédio." — Piotr, traga-me o remédio. "Por que não? Talvez ainda possa fazer algum bem." Ele pegou uma colherada e engoliu. "Não, não vai ajudar. É tudo tolice, tudo engano", decidiu ele assim que sentiu o gosto familiar, doentio e desesperador. "Não, não posso mais acreditar nisso. Mas a dor, por que essa dor? Se isso parasse apenas por um momento!" E soltou um gemido. Piotr virou-se em sua direção. — Está tudo bem. Vá buscar um pouco de chá para mim. Piotr saiu. Uma vez sozinho, Ivan Ilitch gemeu não tanto de dor, por mais terrível que fosse, mas de angústia. Sempre e para sempre a mesma coisa, os dias e noites intermináveis. Se ao menos chegasse mais rápido! O quê? Morte, escuridão?... Não, não! Qualquer coisa menos a morte!

Quando Piotr voltou com o chá em uma bandeja, Ivan Ilitch olhou-o perplexo por algum tempo, sem perceber quem e o que ele era. Piotr ficou desconcertado com aquele olhar, e seu constrangimento trouxe Ivan Ilitch de volta a si.

— Ah, o chá! Tudo bem, pode deixar ali. Apenas me ajude a me lavar e vestir uma camisa limpa.

E Ivan Ilitch começou a se lavar. Com pausas para descanso, lavou as mãos e depois o rosto, escovou os dentes, escovou os cabelos, olhou-se no espelho. Ele ficou aterrorizado com o que viu, especialmente pela forma como seu cabelo grudava na testa pálida.

Enquanto trocava a camisa, sabia que ficaria ainda mais assustado ao ver seu corpo no espelho, por isso evitou olhar para ele. Finalmente estava pronto. Vestiu um roupão, envolveu-se em uma manta e sentou-se na poltrona para tomar o chá. Por um momento sentiu-se revigorado, mas assim que começou a beber o chá, sentiu novamente o mesmo gosto e a mesma dor. Terminou com esforço, depois deitou-se esticando as pernas e dispensou Piotr.

Sempre a mesma coisa. Ora surge uma centelha de esperança, ora um mar de desespero, e sempre a dor; sempre a dor, sempre o desespero, sempre o mesmo. Quando estava sozinho, tinha um desejo terrível e angustiante de chamar alguém, mas sabia de antemão que, com outras pessoas presentes, seria ainda pior. "Outra dose de morfina — para perder a consciência. Direi a ele, o médico, que deve pensar em outra solução. É impossível, impossível continuar assim."

Uma, duas horas transcorrem daquela forma. Eis que se ouve a campainha da porta. Talvez seja o médico? Isso mesmo. Ele chega fresco, vigoroso, rechonchudo e alegre, com aquela expressão no rosto que parece dizer: "Olha, você deve estar em pânico com alguma coisa, mas não se preocupe, nós resolveremos tudo!" O médico sabe que esta expressão seria inadequada aqui, mas vestiu-a de uma vez por todas e não consegue tirá-la — como um homem que vestiu uma sobrecasaca pela manhã para fazer uma rodada de visitas.

O médico esfrega as mãos de forma vigorosa e tranquilizadora.

— Burr! Como está frio! Há uma geada muito forte; apenas deixe-me aquecer um pouco! — ele diz, como se fosse apenas uma questão de esperar até que se aquecesse, e então tudo seria resolvido.

— Pois bem, como você está?

Ivan Ilitch sente que o médico gostaria de dizer: "Bem, como vão os negócios?" mas até ele sente que isso não caberia e, em vez disso, diz:

— Como passou a noite?

Ivan Ilitch olha para ele como se dissesse: "Será possível que não tem vergonha de mentir?" Mas o médico não quer compreender esta questão, e Ivan Ilitch diz:

— Terrível como sempre. A dor nunca cessa e nunca diminui. Se houvesse alguma coisa...

— Sim, vocês, doentes, são sempre assim. Pronto, agora acho que estou aquecido o suficiente. Até mesmo Praskóvia Fiódorovna, que é tão meticulosa, não encontraria nenhum problema com minha temperatura. Bem, agora posso dizer bom dia. — E o médico aperta a mão do paciente.

Então, abandonando a jocosidade anterior, ele começa com uma expressão muito séria a examinar Ivan Ilitch, sentindo seu pulso, medindo sua temperatura, e então inicia a sondagem e a ausculta.

Ivan Ilitch sabia muito bem e com absoluta certeza que tudo

aquilo era bobagem e puro engano, mas quando o médico, ajoe-
lhando-se, se inclina sobre ele, colocando o ouvido primeiro mais
para cima e depois para baixo, e realiza vários movimentos de gi-
nástica sobre seu corpo com uma expressão significativa estampada
no rosto, Ivan Ilitch submete-se a tudo aquilo como costumava sub-
meter-se aos discursos dos advogados, embora soubesse muito bem
que todos estavam mentindo e por qual razão mentiam.

O médico, ajoelhado sobre o sofá, ainda o está sondando
quando o vestido de seda de Praskóvia Fiódorovna faz barulho à
porta e pode-se ouvi-la repreendendo Piotr por não a ter avisado
sobre a chegada do doutor.

Ela entra, beija o marido e imediatamente começa a explicar
que já estava acordada há muito tempo e só por um mal-entendi-
do não conseguiu estar presente quando o médico chegou.

Ivan Ilitch olha para ela, examina-a por completo, censuran-
do-lhe intimamente a brancura, a gordura e a limpeza das mãos
e do pescoço, o brilho dos cabelos e dos olhos vivazes. Ele a
odeia com toda a sua alma, e a emoção do ódio que sente por ela
o faz sofrer ao seu toque.

Sua atitude em relação a ele e sua doença ainda é a mesma.
Assim como o médico havia adotado uma certa linha de conduta
com seus pacientes, a qual não podia abandonar, ela também
desenvolvera uma atitude para com o marido — como se ele não
estivesse fazendo algo que deveria e fosse ele mesmo o culpado,
e então ela o repreende amorosamente por isso. Ela não poderia
agora mudar tal atitude.

— Ele não me ouve e não toma o remédio na hora certa. Além
disso, fica deitado em uma posição que sem dúvida é ruim para
ele — com as pernas para cima.

Ela descreveu como ele fazia Guerássim segurar suas pernas.

O médico sorriu com afabilidade desdenhosa que dizia: "O
que fazer? Os doentes têm fantasias tolas desse tipo, mas devemos perdoá-los."

Concluído o exame, o médico consultou o relógio, e então
Praskóvia Fiódorovna anunciou a Ivan Ilitch que, concordasse

ele ou não, ela havia chamado um renomado especialista que o examinaria e faria uma consulta conjuntamente com Mikhail Danílovitch (seu médico regular).

— Por favor, não se oponha. Estou fazendo isso para meu próprio bem — disse ela ironicamente, deixando transparecer que estava fazendo tudo pelo marido e apenas dissera aquilo para não lhe dar o direito de recusar. Ele permaneceu em silêncio, franzindo as sobrancelhas. Sentia-se rodeado e envolvido em uma rede de falsidade que tornara difícil analisar qualquer coisa com clareza.

Tudo o que ela fazia por ele era inteiramente pensando em si mesma, e ela lhe dizia que assim agia, o que era a mais pura verdade, como se isso fosse tão incrível que ele devesse compreender o contrário.

Às onze e meia chegou o célebre especialista. Novamente começaram as sondagens e as conversas significativas, ora em sua presença, ora em outro cômodo, sobre o rim e o apêndice, e perguntas e respostas que, em tal tom solene, novamente, em vez da verdadeira problemática da vida e da morte que agora o confrontava, levantaram a questão do rim e do apêndice, que não estavam funcionando como deveriam e seriam tratados por Mikhail Danílovitch e pelo especialista e forçados a mudar de atitude.

O célebre especialista despediu-se dele com ar sério, mas não desesperado, e em resposta à tímida pergunta que Ivan Ilitch, com os olhos brilhando de medo e esperança, lhe fez sobre se havia alguma chance de recuperação, disse que não poderia garantir, mas havia uma possibilidade. O olhar de esperança com que Ivan Ilitch observava o médico sair era tão patético que Praskóvia Fiódorovna, ao vê-lo, até chorou quando saiu do escritório para pagar os honorários ao homem.

O brilho de esperança despertado pelo incentivo do médico não durou muito. O mesmo quarto, os mesmos quadros, as mesmas cortinas, os mesmos papéis de parede, os frascos de remédios estavam todos ali, o mesmo corpo dolorido e sofrido, e Ivan Ilitch começou a gemer. Deram-lhe uma injeção subcutânea, e ele tombou em um estado de torpor.

Já anoitecia quando acordou. Trouxeram-lhe o jantar e ele

engoliu com dificuldade um caldo de carne, e então tudo voltou a ser igual, novamente a mesma noite que se aproximava. Depois do jantar, às sete horas, Praskóvia Fiódorovna entrou no quarto em traje de noite, com o volumoso busto comprimido pelo espartilho e com traços de pó no rosto. Ela o lembrara pela manhã de que eles iriam ao teatro. Sarah Bernhardt[20] apresentava-se na cidade, e eles tinham um camarote, que ele mesmo insistira para que adquirissem. Ele havia se esquecido daquilo, e o traje dela o ofendia, mas ele escondeu sua irritação quando lembrou que ele próprio insistira para que adquirissem o camarote e lá fossem, pois isso seria uma diversão instrutiva e estética para as crianças.

Praskóvia Fiódorovna entrou, satisfeita consigo mesma, mas como que sentindo-se culpada. Ela sentou-se e perguntou como ele estava, mas, como ele pôde perceber, apenas por perguntar, e não porque estava realmente interessada em saber. Na verdade, não havia nada novo a saber — e então passou ao que realmente queria falar: que ela não iria de forma alguma, mas que o camarote já estava reservado, e que iriam Hélène, sua filha e Petríschev (o juiz de instrução, noivo de sua filha), e que estava fora de questão deixá-los ir sozinhos. Disse também que teria preferido ficar sentada ao seu lado por um tempo, e que ele deveria seguir as recomendações médicas enquanto ela estivesse fora.

— Ah, e Fiódor Petróvitch (o noivo) gostaria de entrar. E Liza?

— Tudo bem.

A filha entrou em traje de noite completo, com o corpo jovem e fresco descoberto (um corpo como aquele que tanto sofrimento lhe causava), forte, saudável, evidentemente apaixonada e impaciente com a doença, o sofrimento e a morte que interferiam em sua felicidade.

Fiódor Petróvitch também entrou, em traje de gala, com os

---

20 Sarah Bernhardt (1844-1923) foi uma das mais célebres atrizes do século XIX e início do XX, considerada um ícone do teatro francês e uma das primeiras figuras globais das artes cênicas.

cabelos cacheados à la *Capoul*[21], colarinho rígido e justo em volta do pescoço longo e musculoso, um enorme peitilho branco e calças pretas, justas, bem esticadas sobre as coxas fortes. Ele usava uma luva branca bem apertada e segurava a claque na mão. Seguindo-os, o estudante entrou sorrateiramente, com uniforme novo, pobrezinho, e usando luvas. Olheiras terrivelmente escuras apareciam sob os olhos, cujo significado Ivan Ilitch conhecia bem. Seu filho sempre lhe causara pena, e agora era terrível ver seu olhar assustado e compadecido. Pareceu a Ivan Ilitch que Vássia era o único, além de Guerássim, que o compreendia e se apiedava dele. Todos se sentaram e perguntaram novamente como ele estava. Seguiu-se um silêncio. Liza perguntou à mãe sobre os binóculos de ópera, e houve uma discussão entre mãe e filha sobre quem os guardara e onde. Isto ocasionou algum desconforto.

Fiódor Petróvitch perguntou a Ivan Ilitch se ele já vira Sarah Bernhardt. Ivan Ilitch a princípio não entendeu a pergunta, mas depois respondeu:

— Não, você já a viu?

— Sim, em *Adrienne Lecouvreur*[22].

Praskóvia Fiódorovna mencionou alguns papéis nos quais Sarah Bernhardt atuara particularmente bem. Sua filha discordou. Seguiu-se uma conversa sobre a elegância e o realismo de sua atuação — o tipo de conversa que sempre se repete e sempre do mesmo jeito.

No meio do debate, Fiódor Petróvitch olhou para Ivan Ilitch e ficou em silêncio. Os outros também olharam para ele e se calaram. Ivan Ilitch olhava fixamente para frente, com olhos brilhantes, claramente indignado com eles. A situação tinha que ser remediada, mas era impossível fazê-lo. O silêncio precisava ser quebrado, mas durante algum tempo ninguém se atreveu a isso, e todos

---

21 Victor Capoul (1839-1924), famoso tenor francês do século XIX, conhecido por seu visual exuberante e penteado característico.

22 Peça estrelada por Sarah Bernhardt, em que ela dá vida à também atriz Adrienne Lecouvreur (1692-1730). A interpretação foi um marco na carreira de Sarah.

temeram que a convencional mentira se tornasse subitamente óbvia, e que imperasse a terrível verdade. Liza foi a primeira a criar coragem: quebrou o silêncio, mas ao tentar esconder o que todos sentiam, traiu-se.

— Bem, se vamos, já está na hora — disse ela, olhando para o relógio, um presente do pai, e de um modo leve, que significava algo que só eles sabiam, sorriu para Fiódor Petróvitch. Ela se levantou com um farfalhar de seu vestido.

Todos se levantaram, despediram-se e saíram.

Quando partiram, Ivan Ilitch teve a impressão de que se sentia melhor; a falsidade saíra junto com eles. Mas a dor permanecia — aquela mesma dor e aquele mesmo medo que tornavam tudo monotonamente igual, nem mais difícil e nem mais fácil. Tudo estava pior.

Novamente minuto após minuto e hora após hora se passaram. Tudo permaneceu igual e não houve cessação. E o fim inevitável tornou-se cada vez mais terrível.

— Sim, peça que Guerássim venha aqui — respondeu à pergunta feita por Piotr.

09

S ua esposa voltou tarde da noite. Ela entrou na ponta dos pés, mas ele a ouviu, abriu os olhos e apressou-se em fechá--los novamente. Ela queria dispensar Guerássim e sentar-se ao seu lado, mas ele abriu os olhos e disse:

— Não, vá embora.

— Está com muita dor?

— A mesma de sempre.

— Tome um pouco de ópio.

Ele concordou e tomou. Ela foi embora.

Até cerca de três da manhã ele permaneceu em um estado de torturante entorpecimento. Parecia-lhe que ele e sua dor eram empurrados para dentro de um saco preto, estreito e profundo, mas, embora fossem arrastados cada vez mais para dentro, não conseguiam ser empurrados até o fundo. E isso, por si só terrível, ainda era acompanhado de sofrimento. Ele estava assustado, mas também queria entrar no saco, lutava, resistia, e ao mesmo tempo cooperava. E então, de repente, ele se soltou, caiu e recuperou a consciência. Guerássim estava sentado aos pés da cama, cochilando calma e pacientemente, enquanto Ivan Ilitch jazia com as pernas emaciadas e cobertas de meias apoiadas nos ombros do criado; a mesma vela sombreada estava ali e a mesma dor incessante.

— Pode ir, Guerássim — sussurrou.

— Tudo bem, senhor. Posso ficar mais um pouco.

— Não. Vá embora.

Tirou as pernas dos ombros de Guerássim, virou-se de lado, sobre o braço, e sentiu pena de si mesmo. Esperou apenas que o criado fosse para o cômodo ao lado e depois não se conteve mais, e pôs-se a chorar como uma criança. Chorou por causa de seu desamparo, de sua terrível solidão, da crueldade das pessoas, da crueldade de Deus e da ausência de Deus.

"Por que fez isso comigo? Por que me trouxe aqui? Por que, por que me tortura tão terrivelmente?"

Ele não esperava obter uma resposta, mesmo assim chorou por não haver uma, e nem poderia haver. A dor voltou a ficar mais aguda, mas ele não se mexeu nem gritou. Apenas disse para si mesmo: "Vá em frente! Golpeie-me! Mas por quê? O que fiz a você? Qual o motivo?"

Então, calou-se e não apenas parou de chorar, mas também de respirar, colocando-se totalmente alerta. Era como se estivesse ouvindo não uma voz audível, mas a voz de sua alma, uma corrente de pensamentos que surgia dentro dele.

— O que quer? — Foi a primeira noção clara o suficiente para ser expressa em palavras que ouviu. — O que quer? O que quer? — repetiu para si mesmo. — O que quero? Viver e não sofrer — respondeu ele.

E novamente concentrou-se tão intensamente que nem mesmo a dor o distraiu.

— Viver? Como? — perguntou sua voz interior.

— Ora, viver como antes; bem e de forma agradável.

— Como vivia antes, bem e de forma agradável? — repetiu a voz.

E em sua imaginação começou a relembrar os melhores momentos de sua agradável vida. Mas estranhamente nenhum daqueles melhores momentos de sua agradável vida pareciam agora o que pareceram então. Nenhum deles, exceto as primeiras lembranças da infância. Lá, na infância, havia algo realmente agradável com o qual seria possível conviver se retornasse. Mas a criança que experimentara aquela felicidade já não existia, era como uma reminiscência de outra pessoa.

Assim que teve início o período que produziu o atual Ivan Ilitch, tudo o que então parecia alegria se desfez diante de seus olhos e se transformou em algo trivial e, muitas vezes, desagradável.

E, quanto mais ele se afastava da infância e mais se aproximava do presente, mais superficiais e duvidosas eram as alegrias. Começou com a faculdade de Direito. Lá ainda se encontrava algo verdadeiramente bom: alegria, amizade e esperança. Mas nos últimos anos, os bons momentos rarearam. Depois, durante os primeiros anos de sua carreira oficial, quando estava a serviço do governador, voltaram a ocorrer alguns momentos agradáveis: lembranças do amor por uma mulher. Então, tudo ficou confuso e restaram ainda menos coisas boas; mais tarde, ainda menos, e quanto mais avançava, menos havia.

Seu casamento, um mero acidente, depois o desencanto que se seguiu, o mau hálito da esposa e a sensualidade e hipocrisia; depois aquela monótona vida oficial, as preocupações com dinheiro, um ano, e dois, e dez, e vinte, e sempre a mesma coisa. E quanto mais avançava, mais morto tudo se tornava. "É como se eu caminhasse montanha abaixo, quando imaginava estar subindo. E foi exatamente isso que aconteceu. Eu estava subindo na opinião pública, mas na mesma medida a vida se afastava de mim. E agora está tudo acabado, só resta a morte.

"Então, o que tudo isso significa? Por quê? Não pode ser que a vida seja tão horrível e sem sentido. E se realmente for tão horrível e sem sentido, por que devo morrer e morrer em agonia? Há algo errado!

"Talvez não tenha vivido como deveria", ocorreu-lhe de repente. "Mas como poderia ser isso, se fiz tudo corretamente?", ele respondeu e imediatamente afastou da mente esta, a única solução de todos os enigmas da vida e da morte, como algo completamente impossível.

"Então o que quer agora? Viver? Viver como? Viver como viveu nos tribunais quando o oficial de justiça proclamava: 'O juiz está chegando!' O juiz está chegando, o juiz!", repetia para si mesmo. "Aqui está ele, o juiz. Mas não sou culpado!", exclamou com raiva. "Por que tudo aquilo então?" E parou de chorar, mas virando o rosto para a parede continuou a refletir sobre a mesma questão: por que e com que propósito existia todo aquele horror? Mas por mais que ponderasse, não encontrava resposta. E sempre que lhe ocorria, como acontecia frequentemente, que tudo aquilo resultava do fato de não ter vivido como deveria, ele imediatamente se lembrava da correção de toda a sua vida, e descartava aquele estranho pensamento.

10

Outra quinzena se passou. Ivan Ilitch já não saía mais do sofá. Não ficava deitado na cama, mas sim no sofá, de frente para a parede quase o tempo todo. Sofria sempre as mesmas agonias incessantes, e em sua solidão ponderava sobre a mesma questão insolúvel: "O que é isso? Será que é a Morte?" E a voz interior respondia: "Sim, é a Morte".

"Por que tanto sofrimento?" E a voz respondia: "Sem motivo algum, simples assim." Não havia nada depois e além daquilo.

Desde o início da sua doença, desde a primeira vez que foi ao médico, a vida de Ivan Ilitch esteve dividida entre dois estados de espírito contrários e alternados: ora o desespero e a expectativa daquela morte incompreensível e terrível, ora a esperança e a vigilância atenta e interessada do funcionamento de seus órgãos. Naquele momento, diante de seus olhos, havia apenas o rim ou o apêndice recusando-se temporariamente a cumprir suas funções, ou a morte incompreensível e terrível da qual não se podia escapar.

Esses dois estados de espírito alternavam-se desde o início da doença, mas quanto mais esta progredia, mais duvidosas e fantásticas se tornavam as reflexões sobre o rim, e mais real a sensação de morte iminente.

Bastava-lhe recordar como ele era três meses antes e o que era agora, a velocidade com que vinha decaindo, para que qualquer possibilidade de esperança fosse destruída.

Ultimamente, na solidão em que se encontrava, deitado com o rosto voltado para o encosto do sofá, na solidão de estar em uma cidade populosa, rodeado de numerosos conhecidos e parentes, e que mesmo assim não poderia ser mais completa, nem mesmo no fundo do mar ou nas profundezas da terra — nos últimos tempos daquela terrível solidão, Ivan Ilitch vivia apenas de lembranças do passado. Cenas de seu passado surgiam diante dele, uma após a outra, sempre começando pela mais recente e depois voltando à mais remota, até chegar a sua infância, onde cessava. Se pensasse nas ameixas cozidas que lhe tinham sido oferecidas naquele dia, sua mente voltava às ameixas francesas cruas e enrugadas de sua infância, seu sabor peculiar e o fluxo de saliva que vinha à boca quando alcançava o caroço, e juntamente com a lembrança daquele gosto surgia toda uma série de recordações daqueles dias: a aia, o irmão e os brinquedos. "Não, não devo pensar nisso. É muito doloroso", dizia Ivan Ilitch para si mesmo e voltava ao presente — ao botão no encosto do sofá e aos vincos do marroquim. "Marroquim é caro, mas pouco resistente: discutimos por causa disso. Mas houve outro marroquim, e outra briga; quando rasgamos a pasta de nosso pai, fomos punidos e mamãe nos trouxe algumas tortas." E novamente seus pensamentos se concentraram em sua infância, e novamente foi doloroso e ele tentou bani-los, fixando sua mente em outra coisa.

E então, outra vez, juntamente àquela sequência de recordações, outra surgia em sua mente — de como a doença havia progredido e piorado. Lá também, quanto mais olhava para trás, mais vida encontrava. E mais daquilo que era bom na vida, e mais da própria vida. Os dois se fundiam. "Assim como a dor foi piorando progressivamente, a vida foi se tornando também cada vez pior", pensou ele. "Havia um ponto luminoso lá atrás, no início da vida, e depois tudo ficava cada vez mais escuro e avançava mais rapidamente — na proporção inversa ao quadrado da distância da morte", pensou Ivan Ilitch. E o exemplo de uma pedra caindo com velocidade crescente invadiu sua mente. A vida, uma série de sofrimentos crescentes, voava cada vez mais rápido em direção ao seu fim — o mais terrível dos sofrimentos. "Estou voando..." Ele estremeceu, mudou de posição e tentou resistir, mas já estava ciente de que resistir era impossível, e novamente com os olhos fatigados, mas incapazes de deixar de ver aquilo que estava diante deles, olhou para o encosto do sofá e esperou — esperou por aquela dura queda, choque e aniquilamento.

"Resistir é impossível!", disse para si mesmo. "Se ao menos

pudesse compreender a razão de tudo isso! Mas isso também é impossível. Isso só seria justificável se não tivesse vivido como deveria. Mas é impossível dizer isso", e ele se lembrou de toda a legitimidade, correção e decoro de sua vida. "Isso certamente é inadmissível", pensou ele, e seus lábios sorriram ironicamente, como se alguém pudesse ver aquele sorriso e ser enganado por ele. "Não há explicação! Agonia, morte. Para quê?"

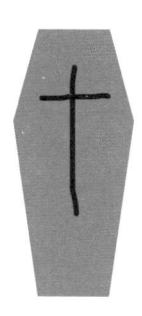

11

Assim, mais duas semanas se passaram, e durante aquele período ocorreu um acontecimento muito desejado por Ivan Ilitch e sua esposa: Petríschev fez o pedido formalmente. Aconteceu à noite. No dia seguinte, Praskóvia Fiódorovna entrou no quarto do marido pensando na melhor forma de contar-lhe o ocorrido, mas naquela mesma madrugada houve uma piora em seu estado. Ela o encontrou ainda deitado no sofá, mas em uma posição diferente. Ele estava deitado de costas, gemendo e olhando fixamente para frente.

Ela começou a lembrá-lo dos remédios, mas ele voltou o olhar em sua direção de tal forma que ela não terminou o que estava dizendo, tamanha era a animosidade, especialmente contra ela, que expressava aquele olhar.

— Pelo amor de Deus, deixe-me morrer em paz! — disse ele.

Ela teria saído, mas naquele momento a filha entrou para cumprimentá-lo. Ele olhou para ela da mesma forma que olhara para a esposa e, em resposta à pergunta sobre sua saúde, disse secamente que em breve se veriam livres dele. Ambas permaneceram em silêncio, ficaram sentadas por um tempo e, então, saíram.

— A culpa é nossa? — perguntou Liza à mãe. — É como se a culpa fosse nossa! Sinto muito pelo papai, mas por que nos tortura assim?

O médico veio no horário habitual. Ivan Ilitch respondeu "Sim" e "Não" sem tirar dele os olhos zangados, e por fim disse:

— Sabe muito bem que não pode fazer nada por mim, então me deixe em paz.

— Posso aliviar seu sofrimento.

— Nem isso pode fazer. Deixe-me em paz.

O médico foi até a sala e disse a Praskóvia Fiódorovna que o caso era muito grave e que o único recurso que restava era o ópio para aliviar o sofrimento do marido, que devia ser terrível.

Era verdade, como disse o médico, que o sofrimento físico de Ivan Ilitch era impensável, porém, mais terrível que seu sofrimento físico era seu sofrimento moral, e nisso residia seu principal tormento. Seu sofrimento moral se devia ao fato de que naquela noite, ao olhar para o rosto sonolento e bondoso de Guerássim, com maçãs do rosto proeminentes, surgiu-lhe de repente a pergunta: "E se toda a minha vida estiver errada?"

Ocorreu-lhe que o que antes parecia totalmente impossível, ou seja, que não tivesse vivido a vida como deveria, poderia, afinal, ser verdade. Ocorreu-lhe que suas tentativas quase imperceptíveis de lutar contra o que era considerado bom pelas pessoas mais bem posicionadas, aqueles impulsos quase imperceptíveis que imediatamente reprimia, poderiam ter sido reais, e todo o resto, falso. E os seus deveres profissionais e toda a organização da sua vida e da sua família, e todos os seus interesses sociais e oficiais, tudo poderia ser falso. Ele tentou defender tudo aquilo diante de si mesmo, e de repente sentiu toda a fraqueza do que defendia. Não havia nada a defender.

"Mas se é assim", disse ele para si mesmo, "e estou deixando esta vida com a consciência de que arruinei tudo o que me foi dado, e é impossível corrigi-lo — o que fazer?" Ele deitou-se de costas e começou a repassar sua vida de uma maneira totalmente nova. Pela manhã, quando viu primeiro o criado, depois a esposa, a filha e o médico, cada palavra e movimento deles confirmaram-lhe a atroz verdade que lhe fora revelada na noite anterior. Neles, viu a si mesmo, tudo pelo que vivera, e percebeu claramente que nada era real, mas sim uma enorme e cruel ilusão que encobrira a vida e a morte. Aquela consciência intensificou dez vezes seu sofrimento físico. Ele gemia, se revirava e puxava as roupas que o sufocavam e oprimiam. E por tudo isso, ele odiava a todos.

Deram-lhe uma grande dose de ópio e ficou inconsciente, mas ao meio-dia seus sofrimentos recomeçaram. Ele expulsou todos de sua presença e ficou se revirando de um lado para outro. Sua esposa se aproximou e disse:

— Jean, meu querido, faça isso por mim. Não pode causar

mal algum e talvez até ajude. Mesmo pessoas saudáveis costumam fazer isso.

Ele arregalou os olhos.

— O quê? Tomar a comunhão? Por quê? É desnecessário! No entanto...

Ela começou a chorar.

— Sim, sim, meu querido. Vou mandar chamar o padre. Ele é um homem tão bom.

— Tudo bem. Faça isso — murmurou ele.

Quando o padre chegou e ouviu sua confissão, Ivan Ilitch abrandou-se e pareceu sentir um certo alívio de suas dúvidas e, consequentemente, de seus sofrimentos, e por um momento surgiu um fio de esperança. Começou a pensar novamente no apêndice vermiforme e na possibilidade de curá-lo. Recebeu o sacramento com olhos marejados.

Quando o deitaram de volta, ele sentiu um momento de tranquilidade, e a esperança de que poderia viver despertou novamente. Começou a pensar na operação que lhe fora sugerida. "Viver! Quero viver!", disse a si mesmo.

Sua esposa veio felicitá-lo após a comunhão e, ao pronunciar as palavras convencionais e costumeiras, acrescentou:

— Sente-se melhor, não é?

Sem olhar para ela, ele disse:

— Sim.

Seu vestido, sua compleição, a expressão de seu rosto, o tom de sua voz, tudo revelava a mesma coisa: "Isso está errado, não é como deveria ser. Tudo o que você viveu e ainda vive é falsidade e engano, ocultando-lhe a vida e a morte." E assim que admitiu aquele pensamento, o ódio e o sofrimento físico agonizante surgiram novamente, e com eles a terrível consciência do fim inevitável e próximo. E a isso foi adicionada uma nova sensação de dor aguda e sufocamento.

A expressão de seu rosto quando disse o "Sim" era horrível. Ao pronunciá-lo, ele olhou-a diretamente nos olhos, virou-se com uma rapidez extraordinária considerando seu estado de fraqueza e gritou:

— Vá embora! Saia daqui e deixe-me em paz!

12

A partir daquele momento começaram os gritos que duraram três dias e eram tão terríveis que, mesmo ouvidos através de duas portas fechadas, causavam imenso horror. No momento em que respondeu à esposa, percebeu que estava perdido, que não havia volta, que o fim havia chegado, o irremediável fim, e que suas dúvidas não haviam sido respondidas, permanecendo ainda como dúvidas.

— Oh! Oh! Oh! — gritava ele em várias entonações. Começara gritando "Não quero!" e continuou gritando, prolongando a letra "O".

Por três dias inteiros, durante os quais o tempo como que não existia, ele lutou naquele saco preto onde era empurrado por uma força invisível e irresistível. Lutou como um homem condenado à morte tenta resistir nas mãos do carrasco, sabendo que não há salvação. E a cada momento ele sentia que, a despeito de todos os seus esforços, mais se aproximava daquilo que tanto o aterrorizava. Sentia que sua agonia estava justamente no fato de ser empurrado para dentro daquele buraco negro, e ainda mais no fato de não poder penetrar nele. O que o impedia era a convicção de que sua vida havia sido boa. Essa mesma justificativa para sua vida o mantinha firme e o impedia de seguir em frente, e isso era o que lhe causava o maior de todos os tormentos.

De repente, alguma força o atingiu no peito e no flanco, tornando ainda mais difícil respirar, e ele caiu no buraco, e lá no fundo havia uma luz. O que lhe aconteceu pode ser comparado à sensação que às vezes sentimos num vagão de trem quando pensamos ir para trás, quando na verdade estamos indo para frente e de repente tomamos consciência da verdadeira direção.

— Sim, tudo está errado — disse para si mesmo —, mas não importa. É possível fazer o certo. Mas o que é certo? — perguntou-se, e de repente ficou sereno.

Isso ocorreu no final do terceiro dia, duas horas antes de sua morte. Naquele momento, seu filho entrou sem fazer ruído e foi até a cabeceira do leito. O moribundo ainda gritava desesperadamente e agitava os braços. Sua mão pousou sobre a cabeça do estudante, que a pegou, pressionou-a contra os lábios e começou a chorar. Naquele exato momento, Ivan Ilitch caiu no fundo do saco e avistou a luz. Ali, foi-lhe revelado que, embora sua vida não tenha sido o que deveria, isso ainda poderia ser corrigido. Ele se perguntou: "O que é certo?" e permaneceu em silêncio, ouvindo. Então, sentiu que alguém beijava sua mão. Abriu os olhos, viu o filho e sentiu pena dele. Sua esposa aproximou-se, e ele olhou em sua direção. Ela o observava boquiaberta, com lágrimas escorrendo pelo nariz e pela face e uma expressão de desespero no rosto. Sentiu pena dela também.

"Sim, estou fazendo-os sofrer", pensou ele. "Eles lamentam, mas será melhor para eles quando eu morrer." Ele queria dizer aquilo, mas não tinha forças para pronunciá-lo. "Afinal, por que falar? Devo agir", pensou ele. Olhando para a esposa, indicou o filho e disse:

— Leve-o daqui... lamento por ele... lamento por você também. — Ele tentou acrescentar: "Peço perdão", mas disse: — Peço licença[23] — e acenou com a mão, sabendo que seria compreendido por quem precisava entender.

E de repente ficou claro que o que o oprimia, sem qualquer trégua, agora desaparecia, escoando para fora de seu corpo de uma vez, pelos dois lados, pelos dez lados e por todos os lados. Tinha pena deles, devia agir para não os magoar: libertá-los e libertar-se daqueles sofrimentos. "Como é bom, como é simples!", pensou. "E a dor?", perguntou-se. "O que foi feito dela? Onde está você, dor?"

Ele voltou sua atenção para isso.

"Sim, aqui está ela. E daí? Deixe que venha.

"E a morte... Onde está?"

---

23   Em russo, são palavras com pronúncias parecidas.

Ele buscou seu antigo medo habitual da morte e não o encontrou. Onde está? Que morte? Não havia medo porque não havia morte.

No lugar da morte havia luz.

— Então é isso! — exclamou de repente em voz alta. — Que alegria!

Para ele tudo aquilo aconteceu em um único instante, e o significado daquele instante não mudaria jamais. Já para os presentes, sua agonia continuou por mais duas horas. Algo borbulhava em sua garganta, seu corpo emaciado se contraiu, então a respiração ofegante e o borbulhamento tornaram-se cada vez menos frequentes.

— Está consumado! — disse alguém perto dele.

Ele ouviu aquelas palavras e as repetiu em sua alma. "A morte acabou", disse para si mesmo. "Não existe mais!"

Ele respirou fundo, parou no meio de um suspiro, esticou-se e morreu.

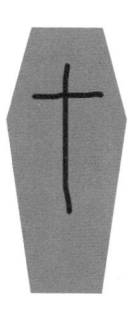

CUIDADO COM A FRÁGIL VIDA DE IVAN

Nara Vidal

E u me lembro bem de, enquanto jantava com um amigo poucos anos mais velho que eu, notar seus olhos secando. Secar os olhos tem aqui um significado cuja exatidão é inequívoca, especialmente se tratando do olhar ao passar dos anos. O brilho vai caindo junto com as pálpebras cada vez mais pesadas, até, finalmente, um véu vestir o que antes havia de descoberto.

Essa cortina no olhar de alguém que tem o privilégio de avançar no tempo remete a uma imagem concebida em *A Morte de Ivan Ilitch* que é, em igual medida, sublime e incômoda. No final da narrativa de Tolstói, nosso olhar acompanha a luz e o seu crescente enfraquecimento, que é a relação entre o vigor e a alegria do começo da vida na infância do menino Ivan até a consciência do desperdício do tempo passado ou a inabilidade do homem que se tornou Ivan, de ter vivido grande.

Ter vivido grande e tornar-se, aliás, são temas que me ocuparam durante a leitura dessa pequena obra-prima. Enquanto a narrativa nos insere numa reflexão permanente sobre o tempo de vida e o que fazemos com ele, há uma proposta de pensamento ainda mais pesada, que é a de tornar-se. Tornar-se, verbo tão definitivo, parece só fazer sentido a partir de uma interação entre quem se torna e quem reconhece quem se tornou.

Portanto, tornar-se talvez seja incorrigivelmente o fim da vida. Quando alguém se torna, esse alguém se esgota, chega a um culminar e a uma completude que está, por natureza, em desacordo e contradição à vida, sempre por viver.

Neste ponto, a ideia de viver grande vem à tona; é um questionamento usual sobre Ivan Ilitch, personagem comum e mediano, por isso mesmo tantas vezes detestável, construído por Liev Tolstói e publicado originalmente em 1886.

Tolstói, um homem que veio de uma linhagem aristocrática

e, considerando seus movimentos de vida, teve uma existência contrária àquela de Ivan Ilitch, segue sendo considerado um dos grandes nomes da literatura de todos os tempos. Autor de *Anna Karênina* e *Guerra e Paz*, foi lido e admirado por outras grandes referências literárias e político-filosóficas, como Ghandi, que se envolveu profundamente com a filosofia da resistência não violenta proposta por Tolstói. O autor russo, natural de Iásnaia Poliana, chegou a ter trocas epistolares com o ativista e líder político indiano Gandhi, que investiu sua luta contra o sistema colonialista do Império Britânico.

Sobre *A Morte de Ivan Ilitch*, não é raro encontrar análises sob a perspectiva de um desperdício de vida. No entanto, seria interessante questionarmos a natureza opressora da expectativa. A vida de Ivan foi, para o próprio Ivan, enquanto vivida, normal e usual. Sem qualquer arroubo, êxtase ou intensidade, foi uma vida, de acordo com o protagonista e sua perspectiva, como é a vida de qualquer pessoa ordinária burguesa que trabalha e tem uma ambição comum de querer uma vida iluminada por relativos luxos também burgueses, nada tão extravagante. Uma vida levada nos trilhos, de maneira correta e previsível, sem paixões mas também sem grandes sofrimentos ou curvas e derrapagens críticas. Antes, porém, de repreendermos Ivan pela suposta pequeneza e estagnação, proponho imaginar que, sem grandes acontecimentos, Ivan talvez tenha tido a melhor vida possível para o tipo de homem que ele foi. Afinal, foi alguém que manteve a dignidade de ter onde morar, o que comer e cultivar — ainda que sem grande impacto — laços familiares e sociais. Ivan pode ser, portanto, uma figura esquecível como somos, praticamente, todos nós. A conclusão da incapacidade de ser extraordinário é o que, de mãos dadas com o prazo estabelecido pela morte, deprime Ivan de forma inédita. Fora essa reflexão não planejada para o nosso protagonista, Ivan teve a vida que fez por merecer e, dentro dessa perspectiva, talvez tenha sido um homem feliz, colocação ambiciosa, eu sei.

Dito isso, outra possível perspectiva dessa novela é o que nós tiramos dela, e não o que ela nos dita. É evidente que um autor como Tolstói não cairia na vulgaridade de nos orientar a pensar de forma maniqueísta ou singular. Assim, cabe ao leitor ordenar suas ideias sobre o que significa viver com grandeza, com mesquinharia ou simplesmente aceitar o possível — seja como escolha excludente ou alternada. O conceito de uma grande vida é tão subjetivo quanto a singularidade humana. Portanto, é completamente possível que haja leitores que considerem um curso digno o da vida passada de Ilitch. Há, porém, um outro tipo de leitor que se assusta com o espelho que Tolstói propõe na figura de Ivan. O reflexo diz para tomarmos cuidado com a vida frágil de Ivan. Vida que é a nossa. Vida que desperdiçamos porque somos humanos. Vida que não se vive grande integralmente, porque somos falhas e fracassos, ambições e pequenezas, exatamente como é Ivan.

Ao ter consciência da chegada galopante do próprio fim, Ivan faz o exercício angustiante de pensar sobre o que ele fez com o tempo que desperdiçou, sobre as amizades que não aprofundou, sobre a família que passou a aturar e, depois, detestar, sobre a distância dos afetos, sobre o trabalho burocrático, a atenção excessiva dedicada às fachadas e performances da etiqueta social, e a ambição alimentada pelo dinheiro que compra uma vida cada vez mais supérflua e rasa. Diante da passividade em relação ao tempo, à falta de iniciativa e da certeza do fim anunciado, Ivan Ilitch reflete sobre a vida medíocre, e quando uma voz interior lhe pergunta por que razão ele gostaria de viver, Ivan, essencialmente, não saberia o que fazer com mais tempo a não ser o que sempre fez — que foi viver a única vida possível: a sua. Essa questão existencial tão gravemente incômoda mexe justamente com a falta, não de objetivo, mas de integridade que a maioria de nós carrega durante a vida. Passar todo o tempo que nos é reservado, seja curto ou longo, desejando cumprir algo que nunca se cumpre ou, ainda, não conseguir enxergar qualquer desejo ou chamado pode ser uma lição dura demais de reconhecer quando a luz está prestes a ser apagada.

Engana-se, no entanto, o leitor que, antes de se aventurar nessa narrativa sombria e existencial, imagina se tratar de uma proposta moralista pontuada por algum tipo de lição. Ainda que o século

XIX tenha sido, de forma geral, um período literário com reconhe-cida abundância de obras que se empenhavam em trazer à tona ensinamentos que destacavam a decência e retidão do homem, Tolstói avança para explorar a essência humana de forma particu-lar e própria. Não é à toa que um dos inícios de um texto literário mais conhecidos seja de sua autoria — e cujo acerto no alvo é tão íntimo quanto atemporal, como é a abertura de *Anna Karênina*: "*Todas as famílias felizes são parecidas. Cada família infeliz é in-feliz a seu modo.*"[24]

Segundo a pesquisadora e professora Donna Orwin, do Depar-tamento de Literatura Russa da Universidade de Toronto, Tolstói foi um homem preocupado com o sentido da existência, com a pro-fundidade que esse conceito pode sugerir, tendo vivido uma parte da vida tal qual uma figura estimada como uma espécie de guru, tanto literário quanto espiritual. Também, aponta Orwin, ainda que essa busca por valores morais pudesse intoxicar facilmen-te uma proposta literária, predestinando-a ao evidente fracasso, Tolstói impregna seus textos com a mais complexa psicologia hu-mana, e é justamente esse estudo da rica, ambígua e paradoxal construção psíquica que faz da linguagem literária do autor uma referência sólida e inquestionável.[25]

A riqueza textual de Tolstói em uma novela tão curta e objetiva-mente revelada ao leitor já a partir do início me parece, justamente, ser o elemento que propõe a capacidade do fazer literário que re-jeita reviravoltas ou atos dramáticos de evidente pirotecnia. Afinal, numa proposta de tal clareza, não há subterfúgio e não há onde se esconder. A história se revela no próprio título e é, portanto, admi-rável que a vida até a morte, ou o inverso, a vida a partir da morte do protagonista, nos tenha de olhos abertos e angústia acordada pelo decorrer da leitura.

---

24 TOLSTÓI, Liev. *Ana Karenina*. Trad. Vasco Valdez. São Paulo: Montecristo Editora, 2023.

25 ORWIN, Donna Tussing (Ed.). *The Cambridge Companion to Tolstoy*. Cambridge: Cambridge University Press, 2002.

O nosso privilégio em estar diante de um texto de Tolstói é longe de ser exclusivo e foi devidamente valorizado. Estimado e reconhecido por escritores que admiramos, ele foi generosamente lido por figuras como Thomas Mann e James Joyce, que falou sobre o talento de Tolstói ao admitir que o autor russo nunca teria sido "monótono, estúpido, cansativo, pedante ou excessivamente dramático".[26]

Virginia Woolf, por sua vez, escreveu em 1917, para o suplemento literário do *The Times*:

> *Talvez seja a riqueza do gênio de Tolstói que mais nos impressiona nesta história (Os Cossacos), por mais curta que seja. Nada parece lhe escapar. O olhar maravilhoso observa tudo: o azul ou o vermelho do vestido de uma criança; a maneira como um cavalo mexe o rabo; a ação de um homem tentando colocar as mãos nos bolsos costurados; cada gesto parece ser recebido por ele automaticamente e logo atribuído por seu cérebro a alguma causa que revela os segredos mais cuidadosamente escondidos da natureza humana. Sentimos que conhecemos seus personagens tanto pela maneira como engasgam e cochilam quanto pela maneira como se sentem em relação ao amor, à imortalidade e às mais sutis questões de conduta*[27]

Essa opinião de Woolf sobre *Os Cossacos* marca uma comparação feita pela autora entre Tolstói e autores ingleses como Dickens e Thackery. Virginia Woolf chega a comentar que é humilhante pensar que na mesma época em que Charles Dickens e Thackery escreviam seus textos, Tolstói escrevia obras-primas, e chega a contrapor os livros de Dickens e Tolstói como aqueles

---

26 ELLMANN, Richard. *James Joyce*. Oxford: Oxford University Press, 1983. p. 217.

27 WOOLF, Virginia. "Tolstoy's 'The Cossacks'". The Essays of Virginia Woolf, v. 2, ed. Andrew McNeillie. London: Hogarth Press, 1987.

de uma criança e de um homem crescido, respectivamente.

O que há, então, de tão genial em Liev Tolstói e sua novela *A Morte de Ivan Ilitch*? Curiosamente, do meu ponto de vista, a resposta para a questão é a própria pergunta, é o próprio título. A morte, o mais grandioso e complexo tema artístico e literário, encontra em Tolstói e seu Ivan uma discreta e íntegra reverência: o reconhecimento quieto, ainda que inconformado e assustado, do desenrolar das horas, do culminar da natureza, do que há de mais previsível em qualquer vida. É possível que, ao propor uma novela cujo título expõe a morte, palavra difícil de ler, Tolstói reconheça a tentativa humanamente comum de mascarar o tabu, ao mesmo tempo que nos convida à responsabilidade de olharmos para a cronologia e sua inevitabilidade.

É importante elaborar sobre alguns aspectos literariamente mais objetivos que fazem de *A Morte de Ivan Ilitch* uma leitura essencial. Podemos começar ressaltando o grupo de colegas de Ivan, cujo desdém pela morte do amigo, no início da leitura, nos posiciona indubitavelmente a uma convivência marcada pelo interesse e pela falsidade. Ainda que o amigo supostamente mais próximo de Ivan, Piotr Ivánovitch, se desloque até o apartamento de Ivan para velar seu corpo, o ato de caridade cristã é interrompido com o pensamento mesquinho e raso de quem cumpre a etiqueta e anseia por sair do velório para jogar cartas com os amigos. É Piotr que nos mostra o quão assustadora é a cara da morte em vida diante de nós. A imagem do nariz que afunda e derrete no rosto é de grande desnorteio e nos remete à vulgaridade de um corpo que agora é Ivan Ilitch — e nada mais que um conjunto de carne que afunda e deforma a pessoa e a lembrança que se forma dela. A camada que se adensa é justamente que a pessoa e a lembrança de Ivan Ilitch não significaram assim tanta coisa para o amigo, o único que vê o cadáver.

Nesse ponto da narrativa, não sabemos tanto de Ivan. É uma personagem que tem a dignidade que tem um corpo morto e, a partir dessa morte, a vida se desenrola para o leitor, não em distanciamento cronológico, mas no círculo do qual não se sai.

No entanto, ao longo do desenrolar da história, somos inseridos no desperdício de vida ou na vida, a única possível, que viveu Ivan. A partir daí, encontramos o protagonista e dá-se início ao processo de nós mesmos, como leitores, desenvolvermos empatia, inadequação, estranheza ou condenação em relação ao que foi a curta vida de Ivan, um homem que viveu de forma tão mesquinha e inconsequente, que parecia até ser imortal.

Convenção talvez seja uma bússola no texto, tanto para a história quanto para o impacto que a leitura proporciona. Num primeiro momento e até mesmo no avanço de alguns capítulos, o leitor pode se perguntar o que há, então, de errado com a vida digna e decente que levou Ivan Ilitch. Precisamente a dignidade e decência como conceitos moralistas e, por consequência, repressores é o que há de problemático com a vida em reflexão e posta em perspectiva e retrospectiva de Ivan.

É curioso pensar na casa arranjada por Ilitch. O prazer que ele expressa enquanto organiza e compra móveis e objetos chega a ser animador. Porém, logo compreendemos que seu entusiasmo é vulgar, porque é a mímica e cópia das tendências de pessoas que, como ele, se alimentam da aparência, do status e da superficialidade das relações e dos convívios. Esse é um ponto muito interessante na narrativa, e que se confirma quando, na chegada da família à casa nova, o leitor acompanha o entusiasmo da mulher de Ivan e da filha para, logo em seguida, a rotina se estabelecer e fortalecer a repetição e monotonia da casa, da relação, da ausência de afeto. Como se as relações rasas não suportassem o tempo, ainda que pontuadas por móveis e acessórios, festas e doces caros. Ainda que Ivan fizesse tudo *comme il faut* e vivesse a vida da forma mais estritamente convencional possível. Um vazio flagrante e insuportável quando olhado nos olhos.

Há uma personagem chave para a tentativa de compreensão de Ivan Ilitch e sua vulnerabilidade: Guerássim, um criado e homem pobre da classe trabalhadora, expõe a relação que talvez seja a única que Ivan reconhece como de afeto. A dedicação de Guerássim, torneada supostamente por aplicação e empenho no conforto do patrão, insere na experiência do leitor uma humanidade quase insuportável a Ivan. Como se àquela altura da vida ele finalmente pudesse ter ao seu lado alguém que se interessasse por ele, inclusive durante o caminho apressado em direção à morte.

Ao longo do desenvolvimento da relação de Ivan e Guerássim, veio-me, no entanto, a ideia de propor uma interpretação alternativa tanto a Guerássim quanto à miséria de Ivan. Há um reconhecido consenso interpretativo em identificar Guerássim como personagem generoso, que doa seu tempo com incomum gentileza e disponibilidade. Mas talvez seja interessante questionar essa suposta generosidade incondicional do rapaz que é um empregado, ainda que eu corra o risco de parecer excessivamente cínica. No capítulo 7, quando o assistente de mordomo aparece mais nitidamente na narrativa, há um diálogo curioso:

> — *Guerássim* — *disse ele* —, *está ocupado agora?*
> — *De modo algum, senhor* — *disse Guerássim, que aprendera com as pessoas da cidade como se dirigir aos senhores.*

A tendência da minha leitura é olhar com desconfiança para um servo que, para garantir o trabalho, faz o que é esperado dele. Ou seja, se dispõe e se disponibiliza a cuidar do empregador doente, com gentileza, mas também com objetividade, cumprindo turnos e horas-extras. Não há, diferentemente de alguns estudos propostos, qualquer semente de amizade entre os dois. A miséria de Ivan fica, do meu ponto de vista, ainda mais flagrante pela humilhação que é confundir um serviço com afeto. Como o sujeito solitário que se alegra de receber, pelo correio, o cartão de aniversário da companhia de água e luz.

O paradoxo da presença de Guerássim na vida de Ivan Ilitch não deixa de ter relação com o papel do médico ou dos médicos com quem Ivan se consulta. É curiosa essa relação entre o detentor do saber e do poder que é, inquestionavelmente, o médico, um semideus, contraposto com a simplicidade e cuidado administrado por Guerássim a Ivan. Enquanto a relação médico/

paciente é pautada pelo distanciamento, físico, inclusive, e frieza do saber, o que Guerássim proporciona a Ivan Ilitch é não só um alívio às dores que os médicos não conseguiram tratar, mas o raríssimo toque, as mãos que tocam os pés e aliviam as dores dilacerantes de um doente terminal. Além dessa proximidade física que Guerássim proporciona a Ivan, o elemento invulgar é justamente o compromisso do empregado em apoiar e ajudar um homem cujo corpo está morrendo, o que causa, em todo o entorno de Ivan, desinteresse, repulsa, incômodo ou inadequação.

Se, por um lado, Ivan, sujeito orgulhoso de sua posição social, sua casa, seu círculo de contatos, desenha a vida a ser seguida como deve ser, sua profunda vulnerabilidade se acende na presença de Guerássim, que acolhe um corpo doente, fraco, humilhado e solitário. Ainda sobre a relação com Guerássim, diferentemente da sua família, o empregado impõe uma naturalidade e desembaraço em relação ao cuidado, em relação à doença e seus desdobramentos — por mais indignos que possam parecer. A naturalidade com a qual ele trata Ivan é sensível, mas não me parece que deixa de ser um serviço prestado. Um comportamento completamente distante daquele adotado pela família que, em negação, mas também em desinteresse, finge se empenhar em tratar Ivan organizando consultas e visitas médicas com diagnósticos sempre imprecisos e confusos. Com Guerássim, cuja vida, diferentemente da de Ilitch, possivelmente não nega a mortalidade, Ivan tem, sim, a certeza da morte, mas tem também a sorte da dignidade de um cuidado empenhado. Guerássim, espantosamente, ajuda Ivan não a viver, mas a morrer.

A ironia da doença de Ivan Ilitch que, inclusive, não é nunca confirmada no livro, levando o leitor a especular tumor, apendicite ou o que quer que seja, é que Ivan, conforme sua obediência e aceitação da convenção da vida, é um bom paciente. Um paciente exemplar. Ivan, antes de chegar às margens do fim, num estado de inaceitação, anseia pelo medicamento correto que vai tirá-lo não do sofrimento, unicamente, mas da dúvida de não saber o que se passa com seu corpo, tendo, então, que reconhecer que nem tudo está sob controle. Enquanto Ivan se dispõe a consultar médicos, a investigar diagnósticos e a se tratar, o sombrio da sua condição é um ensaio para o inevitável descontrole no qual cavalga a vida. Não há planejamento, condição financeira ou obediência que dê conta de aceitar a selvageria que é o anúncio do fim. E se isso não fosse suficiente para contribuir com a angústia do protagonista, Ivan, que nunca notou sua solidão, vê-se agora flagrantemente à deriva.

Há, em *A Morte de Ivan Ilitch*, uma hipótese interpretativa que talvez não seja muito acolhida, mas que arrisco trazer à luz. E se Ivan tivesse sido, ao final de tudo, um homem sábio? Trabalhar com afinco, obedecer à lei e às convenções, jogar de acordo com as regras, controlar as emoções, comportar-se de acordo, divertir-se com moderação, agir de forma objetiva e honesta talvez sejam predicados tão difíceis de alcançar quanto a imensidão subjetiva da beleza e do sentido da vida. Talvez a beleza e a imensidão da vida sejam simplesmente viver objetivamente um dia após o outro rumo ao inevitável, na tentativa de evitar o descompasso e desalinho que é o sonho de ser importante e imortal. Ser egoísta e estar em paz com isso. Talvez isso não seja viver grande, mas pode ser que seja a vida de Ivan Ilitch a melhor vida possível.

No livro, há ainda outra personagem que merece imprescindível menção: Praskóvia Fiódorovna é a mulher de Ivan Ilitch. Curiosamente, mas não de forma surpreendente, ela é analisada, na tradição acadêmica, como uma mulher vil, interesseira, falsa e *abandonadora* do marido em pleno leito de morte. No entanto, proponho uma abertura no hábito engessado da vilanização de certas personagens femininas da literatura clássica, partindo de um ponto que analisa de forma mais humana, tão humana quanto o protagonista, a mulher que o acompanha.

Além de podermos considerar a condição da mulher no século XIX, Praskóvia foi uma jovem mulher que se casou de maneira convencional com um homem monótono, controlador e relapso nas suas relações de afeto. A previsão para esse futuro a dois é raramente surpreendente: passaram a se aturar e, com o tempo, a não se aturar. Ivan Ilitch vai mais longe e, nos diz o narrador, passa a detestar Praskóvia, citando seu corpo gordo, sua falsidade, sua brancura excessiva, seu mau hálito e suas expressões faciais insuportáveis.

Todo esse sentimento de Ivan em relação à mulher me parece totalmente legítimo e não chega a ser problemático pela previsibilidade da relação distante e superficial entre os dois. Porém, é justamente a natureza fria dessa relação que traz como consequência muito compreensível o desinteresse genuíno de Praskóvia no fim da vida do marido. Afinal, se ela não se interessou por Ivan em vida, durante seu período de maior vigor, seria característica digna de uma santidade um empenho amoroso e sacrificado por um homem que, verdade seja dita, ela nem sequer conhece bem. De acordo com essa proposta de análise para Praskóvia, é importante ressaltar que é incomum que as pessoas se aproximem das outras diante da repulsa da doença tão evidente, a não ser que haja laços fortes de afeto e amor. Ainda assim, tal dedicação nem sempre é possível, nem mesmo daqueles que nos amam em vida. Possivelmente apenas uma mãe conseguisse dar a Ivan o que ele imaginava que Praskóvia fosse capaz de dar. Uma mãe, talvez, fosse o que buscava Ivan no seu momento de morte. Por isso há crianças que se sentem tão bem quando estão mal.

Ainda uma observação sobre Praskóvia: proponho menos escândalo quando ela chama ao escritório o amigo do marido, em pleno velório, especulando se a pensão deixada por Ivan pode ser engordada. Uma mulher que não teve direito ao trabalho e que se casou como profissão pode, sim, propor um aumento de salário quando identificar a oportunidade.

Portanto, é tão compreensível a raiva de Ivan em relação à mulher quanto o distanciamento e desinteresse de Praskóvia em relação ao marido, especialmente quando ele se fragiliza. Na saúde e na doença é só para os que têm muita, mas muita sorte mesmo.

Uma vez, estava sentada, sozinha, tomando um copo de vinho num desses cafés de Paris, na praça La Contrescarpe, esquina com Mouffetard e Lacépède. Ali na pracinha — um largo de cimento — havia um homem em situação de rua e, na semana em que estive ali, ele também esteve, fazendo daquele seu endereço fixo. Um grupo de americanos também provava um vinho tinto e um deles lançou em voz alta a pergunta sobre a razão de alguém como aquele homem que morava na rua querer continuar vivendo. E ainda que eu tenha achado aquela colocação de mau gosto e cruel, pensei em figuras como a de Ivan Ilitch, que se revoltam tanto com a chegada da morte quando a vida foi, me parece, tão desperdiçada. A tristeza de Ivan Ilitch, ao sair do médico e especular a gravidade do seu estado de saúde, é digna daquela de quem viveu grande, com brilho, integridade e vocação. O fato é que a tristeza que vê Ivan Ilitch nas ruas é a tristeza que eu vejo na vida dele. Não pela monotonia, mas pelo fim do tempo, essa infinidade. Como se, obcecados por instalar a cortina da sala perfeita da casa sonhada, como Ivan, despencássemos da escada e passássemos a ter consciência da inutilidade dos nossos esforços e de uma dor que, não importa qual seja, vai se agravar até nos matar; obcecados pela trajetória e pela técnica, nos esquecêssemos daquilo que não se pode tocar e caíssemos com a cara no chão onde a morte e seus dentes podres, porém afiados, nos aguardassem. *A Morte de Ivan Ilitch* não é a história de um homem. É mais coletiva que isso. *A Morte de Ivan Ilitch* é a história de um processo. No final do processo há uma lista de convidados. Estamos todos lá, inclusive eu e você e, até hoje, nenhum de nós conseguiu recusar o convite.

Nara Vidal é professora, escritora e tradutora. Como autora, venceu o Prêmio Oceanos, o APCA e foi finalista do Jabuti e do Prêmio São Paulo; traduziu obras de Virginia Woolf, Edith Wharton e Katherine Mansfield. Graduada em Letras pela UFRJ e mestre em Artes e Gestão Cultural pela London Metropolitan University, Nara tem se dedicado à sua obra autoral e à difusão, tradução e pesquisa de literatura clássica; é professora de escrita criativa e vive na Inglaterra desde 2001.

ADAPTAÇÕES

A obra de Liev Tolstói foi amplamente adaptada para o cinema, teatro e televisão mundo afora.

Ainda na década de 1930, o livro *Anna Karênina* foi adaptado para o cinema: o longa teve direção de Clarence Brown, e Greta Garbo no papel principal. Em 1948, Vivien Leigh estrelou a adaptação britânica da obra. Houve também refilmagens em 1997 e 2016.

Banner alemão de divulgação
de *Anna Karênina* (1935)

Como não poderia deixar de ser, *Guerra e Paz* também ganhou diversas adaptações, com destaque para o longa norte-americano que teve direção de King Vidor e que contou com Henry Fonda no elenco. Posteriormente, na década de 1960, o lendário diretor soviético Sergei Bondarchuk filmou a superprodução inspirada na epopeia de Tolstói; a produção ganhou o Oscar de Melhor Filme Estrangeiro. Além de dirigir e assinar o roteiro, Bondarchuk estrelou o filme como Pierre Bezukhov. Por sua extensão, a obra foi dividida em quatro partes:

Parte I: *Andrei Bolkonsky* – 147 min

Parte II: *Natasha Rostova* – 100 min

Parte III: *A Batalha de Borodino* – 81 min

Parte IV: *Pierre Bezukhov* – 103 min

No total, a epopeia tem incríveis sete horas e onze minutos de duração.

Banner russo de divulgação de
Guerra e Paz (1966)

A Morte de Ivan Ilitch também ganhou a TV e os cinemas, com destaque para uma adaptação livre do cineasta japonês Akira Kurosawa:

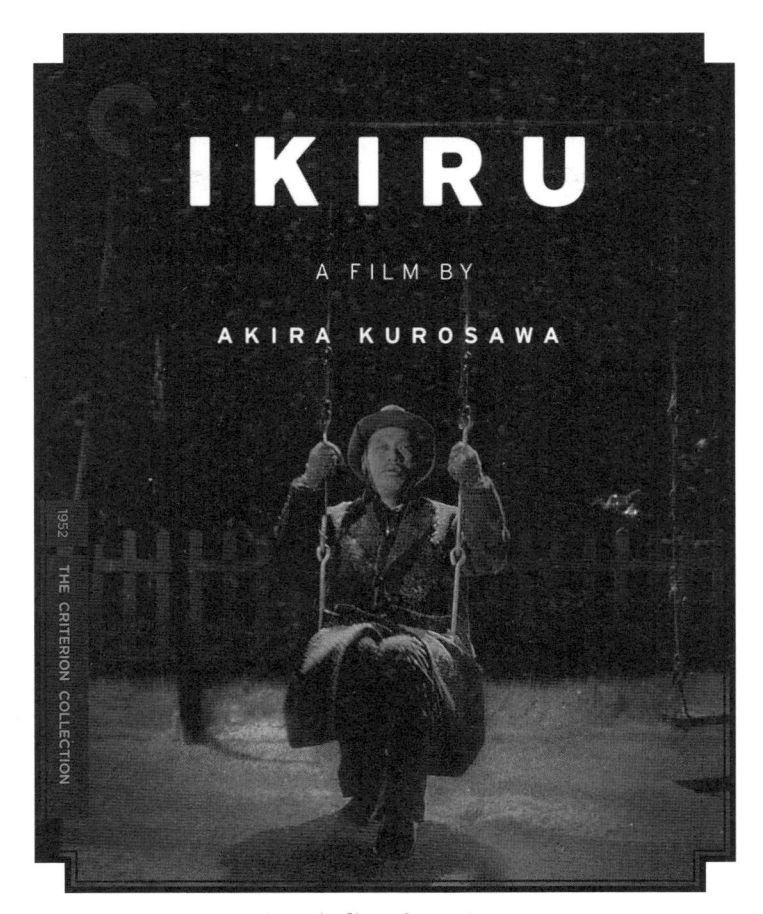

Capa do filme *Ikiru* (1952),
de Akira Kurosawa.

Em 2022, o filme *Living*, com Bill Nighy, foi lançado; a produção foi inspirada em *Ikiru*.

Por fim, o longa *A Última Estação* (2009), de Michael Hoffman, revisita os últimos dias de Tolstói, os conflitos com a esposa e a morte trágica.

Os exemplos que trouxemos, produzidos entre as décadas de 1930 e 2020, ressaltam a relevância perene da obra de Liev Tolstói, que segue ganhando novas interpretações, adaptações e adeptos em todo o mundo.

Capa do filme *Viver* (2022)

CURIOSIDADES

→ Além de sua conhecida e celebrada obra ficcional, Liev Tolstói produziu extensas cartilhas de ensino, algumas das quais utilizadas pelo governo russo no ensino público.

→ A propriedade rural Iásnaia Poliana, localizada na região de Tula, foi casa de Tolstói por mais de cinquenta anos. A residência, cercada de jardins e macieiras, é parte importante da vida e carreira do escritor.

→ Na propriedade e em aldeias vizinhas, Tolstói fundou e fomentou escolas para filhos de camponeses. Nelas, empregou seu elogiado método pedagógico.

→ O escritor russo está sepultado na propriedade.

→ Iásnaia Poliana é hoje um museu que abriga diversos itens pessoais de Liev Tolstói e se tornou um destino disputado no circuito do turismo literário. A conservação do local é impressionante.

→ Sofia Andréevna, esposa de Tolstói, foi sua editora e colaboradora e copiou sete vezes à mão o manuscrito de *Guerra e Paz*, segundo diferentes registros e biógrafos, como Rosamund Bartlett.

REFERÊNCIAS

BARTLETT, Rosamund. *Tolstói: uma vida russa*. Londres: Profile Books, 2010.

BLOGGER. *Retrato de Liev Tolstói por Sergei Prokudin-Gorsky*. Blogger. Disponível em: https://blogger.googleusercon tent.com/img/b/R29vZ2xl/AVvXsEgIB2h-ARkGYOe2FCFSx JLlwkuOoZa2IbH5yW-vhhMeH6ZR1s9NP5w8Jaq4aOjRF V6KaUxmLX0oVXZNkpOlHM1rtrH92qPuZD3UvOK3T DOCUEvAs2ocU4Vc45nh3eUaL8_fIRDqOt3oc45B/s1600/ L.N.Tolstoy_Prokudin-Gorsky.jpg. Acesso em: 20 abr. 2025.

BRIUSSOV, Valeri. *No funeral de Tolstói: impressões e observações*. Tradução de Robson Ortlibas. São Paulo: Kindle Direct Publishing, 2021. eBook Kindle. Disponível em: https://www. amazon.com.br/No-funeral-Tolst%C3%B3i-Impress%C3 %B5es-observa%C3%A7%C3%B5es-ebook/dp/B097S6ZFPC. Acesso em: 30 abr. 2025.

CINEVISÃO. *Living* (2022). Disponível em: https://cinevisao.pt/ filmes/living/. Acesso em: 21 abr. 2025.

ELLMANN, Richard. *James Joyce*. Oxford: Oxford University Press, 1983. p. 217.

MEDIA, AMAZON. *(1935) – capa do DVD*. **Amazon Media**. Disponível em: https://m.media-amazon.com/images/I/711RTqaA2FL._SL1500_.jpg. Acesso em: 18 abr. 2025.

ORWIN, Donna Tussing (Ed.). *The Cambridge Companion to Tolstoy*. Cambridge: Cambridge University Press, 2002. 288 p. ISBN 978-0-521-52000-3.

RUSSIA BEYOND. *8 curiosidades sobre Iásnaia Poliana, a propriedade de Tolstói*. Disponível em: https://br.rbth.com/viagem/83800-8-curiosidades-iasnaia-poliana. Acesso em: 30 abr. 2025.

TOLSTÓI, Liev. *Ana Karenina*. Tradução de Vasco Valdez. São Paulo: Montecristo Editora, 2023.

WIKIMEDIA COMMONS. *Anna Karenina (1935) – film poster*. Disponível em: https://upload.wikimedia.org/wikipedia/en/b/bf/Anna_Karenina_1935_poster.jpg. Acesso em: 28 abr. 2025.

WIKIMEDIA COMMONS. *Death of Ivan Ilyich – title page (1886)*. Disponível em: https://upload.wikimedia.org/wikipedia/commons/d/d0/Death_of_Ivan_Ilyich_title_page.jpg. Acesso em: 24 abr. 2025.

WIKIPEDIA. *Anna Karenina (1935 film)*. Wikipédia, The Free Encyclopedia. Disponível em: https://en.wikipedia.org/wiki/Anna_Karenina_(1935_film). Acesso em: 30 abr. 2025.

WOOLF, Virginia. Tolstoy's "The Cossacks". In: McNEILLIE, Andrew (Ed.). *The Essays of Virginia Woolf*. v. 2. London: Hogarth Press, 1987. p. 76-79. Originalmente publicado no *Times Literary Supplement*, fev. 1917.

editorapandorga.com.br

 @pandorgaeditora

 /pandorgaeditora

 sac@editorapandorga.com.br

PandorgA